KB057978

세대주 오용의

최양선
장편소설

사□□계절

차례

영선은 도통 잠을 이룰 수 없어 이리저리 몸을 뒤척였다. 장롱에 새겨진 나뭇잎 무늬를 따라 눈동자를 움직이다 일어나 장롱 문을 열었다.

텅 비어 있는 장롱 안에는 석 달 전인 2017년 8월 12일에 발급받은 주민등록등본이 놓여 있었다. 영선은 그것을 꺼내 읽어 내려갔다. 오영선 이름 옆에 세대주라고 쓰여 있었고 아래엔 오영우라는 이름이 있었다. 오영우가 영선의 부양가족인 셈이다.

영선은 엄마 품을 파고들듯 장롱 안으로 몸을 집어넣었다. 무릎을 세우고 앉아 정강이를 두 손으로 모아 잡고는 시선을 아래로 내렸다. 구석에 있는 상자가 눈에 띄어 뚜껑을 열었다. 그 안에는 엄마 명의의 통장과 도장, 이 집의 전세 계약서가 들어 있었다. 모두 정리한 줄 알았는데 이런 것이 여기에 남아 있을 줄은 몰랐다.

영선은 통장을 펼쳤다.

'3,000,000'

단 한 줄뿐이었다. 이 통장을 만든 날짜는 2001년 11월 3일이었고 그날, 300만 원이 입금되었다. 16년 전에 만든 통장. 그 이후에는 어떠한 기록도 없었다. 이 돈이 유효한지 알기 위해서는 통장 정리가 필요했다. 영선은 겉면을 살폈다. 'K은행 아파트종합통장'이라고 쓰여 있었다.

2

평소에 영선은 탕비실에서 혼자 점심을 해결했다. 편의점에서 파는 김밥이나 샌드위치 같은 걸 먹고 남은 시간에는 국어나 한국사를 외웠다. 하지만 오늘은 12시가 되자마자 점퍼를 걸치고 사무실 밖으로 나와 회사 건물 1층에 있는 K은행으로 향했다. 번호표를 뽑고 순서를 기다리자 벨소리와 함께 숫자 55가 전광판에 떴다. 영선은 2번 창구로 다가가 점퍼 주머니에서 통장을 꺼내 직원 앞으로 내밀었다.

"엄마가 돌아가셨는데 이 통장 안에 300만 원이 있더라고요. 이 돈을 찾을 수 있는 방법이 궁금해요."

직원은 슬픔에 동조하려는 듯이 침울한 표정으로 일관하며 통장을 기계 입구에 밀어 넣었다.

"400만 원이 있네요. 이자가 100만 원 붙었어요. 그런데 이 통장 어떤 용도인지는 아시죠?"

영선은 두 눈을 끔벅이며 직원 얼굴에서 시선을 떼지 않았다.

"혹시 급한 용무가 있어서 통장을 해지하시려는 건가요?"

영선은 꼬치꼬치 묻는 직원의 반응이 탐탁지 않았지만 애써 여유로운 척, 급한 건 아니고 다른 통장에 돈을 넣어두려는 것이라고 말했다.

"그럼 통장을 상속받으시는 건 어때요? 가입 기간이 제법 긴데요. 점수가 높으실 것 같아요."

영선은 선뜻 직원의 말을 이해할 수 없었다.

"돈이 아닌 통장을 상속받으라고요? 뭐가 다른 거죠?"

"이 통장으로 아파트를 분양받을 수 있는 건 아시죠? 일단은 해지하지 마시고 자세히 알아본 뒤 결정하셔도 늦지 않을 것 같아요."

영선은 잠시 고민하다가 그렇게 하겠다고 말했다. 은행 직원은 영선에게 상속받을 때 필요한 서류를 휴대폰

문자로 보내주겠다며 번호를 물었고 영선은 번호를 알려주고는 뒤로 물러났다. 은행 소파에 앉아 포털 사이트 검색창에 '청약 통장'을 입력했다.

청약 통장은 아파트를 분양받을 수 있는 통장인데 아파트 분양은 공공분양과 일반분양으로 나뉘었다. 공공분양은 공기업인 한국토지주택공사(LH)에서 건설한 아파트를 분양하는 것이고, 일반분양은 민간 건설 회사의 아파트를 분양하는 것이었다. 영선이 갖고 있는 청약 예금 통장은 민간 건설사가 분양하는 아파트만 청약이 가능했다. 아파트 청약은 만 30세가 넘은 세대 분리를 한 세대주에게 기회가 있었는데 결혼한 세대주라면 만 30세가 넘지 않아도 상관없었다.

다음으로 민간 건설사의 특별공급과 가점제인 일반공급이 정리되어 있었다. 영선은 거기까지 읽고는 휴대폰 화면을 닫았다. 이 통장은 자신과 무관하다고 여기며 더 이상 읽을 필요가 없다고 판단했다.

곧 문자가 도착했다. 영선은 문자를 읽어나갔다.

상속인 전원 내점
피상속인(사망자)의 가족관계증명서(상세)
피상속인(사망자)의 기본증명서(일반 또는 상세 또는 특정-출생 사망 실종)

사망진단서(기본증명서에 사망 사실 및 사망일이 기재되지 않은 경우)
상속인 전원 신분증

상속인 일부 내점
피상속인(사망자)의 가족관계증명서(상세)
피상속인(사망자)의 기본증명서(일반 또는 상세 또는 특정-출생 사망 실종)
사망진단서(기본증명서에 사망 사실 및 사망일이 기재되지 않은 경우)
내점 가능 상속인의 신분증
내점 불가 상속인의 인감증명서 및 위임장(위임자 자필작성 및 인감도장 날인)

모든 서류는 최근 3개월 이내 발급분으로 주민등록번호 및 성명 전부 표기되어야 합니다.
영업점 방문 상담 시 추가 서류가 필요할 수 있습니다.

영선은 생각에 잠겼다. 자신은 스물아홉 살인 데다가 결혼에 전혀 뜻이 없었다. 그보다 집은 꼭 필요한 것인지에 대해 의문이 들었다. 전세로 살면서 자기가 원하는 곳으로 옮겨 다니는 것도 나쁘지 않다고 여겨왔기 때문이다. 일단 시간을 좀 더 두기로 했다.

은행을 나와서야 허기를 느꼈다. 길 건너 공원 옆에 편의점이 있었다. 편의점 안으로 들어가 삼각 김밥과 따뜻한 두유를 고른 뒤 계산하고 나와 공원 쪽으로 발길을 돌렸다. 식사를 마친 직장인들이 삼삼오오 모여 공원을 산책하고 있었다. 겨울을 건너뛰고 봄이 앞당겨 찾아온 것처럼 산책로에 햇볕이 쏟아져 내렸다.

영선은 좁은 흙길을 걸었다. 구불구불한 길가 군데군데에 벤치가 놓여 있었고 앙상한 나뭇가지 사이로 걸러지지 않은 햇살이 그대로 내리쬐었다. 영선은 따뜻한 두유와 청약 통장을 양손에 감싸 쥐고 공원 안쪽으로 향했다.

김밥과 두유를 먹기 전 손을 씻고 싶어 공원 내 화장실 안으로 들어갔다. 마침 칸에서 나온 사람과 눈이 마주쳤는데 짧은 커트 머리에 갈색 롱코트를 입고 있는 그녀는 주 대리였다. 그 순간 영선의 눈은 주 대리가 오른손에 쥐고 있던, 빨간색 두 줄이 선명하게 그어진 임신 진단 테스트기에 닿았다.

"아, 비밀로 해줘요."

주 대리는 테스트기를 쓰레기통 속에 버리고는 영선이 들고 있던 청약 통장으로 눈길을 내렸다. 주 대리의 시선을 느낀 영선은 통장을 점퍼 주머니에 슬그머니 집어넣었다.

"먼저 갈게요."

주 대리는 밖으로 나갔다.

손을 씻고 나온 영선은 벤치에 앉아 있는 주 대리를 발견했다. 영선의 걸음 속도가 느려지면서 갈등이 일기 시작했다. 앞으로 가야 하나 뒤쪽으로 돌아가야 하나.

"영선 씨."

주 대리와 눈이 마주치고 나서야 영선은 되돌아갈 타이밍을 놓쳐버린 걸 깨달았다. 어쩔 수 없이 주 대리가 앉아 있는 벤치로 다가갔다. 주 대리는 영선이 들고 있는 두유로 시선을 내렸다.

"그게 점심이에요?"

"네."

"앉아요. 햇볕이 잘 들어서 따뜻해요."

주 대리는 옆으로 자리를 옮겼다.

"대리님은 왜 여기 계세요?"

영선이 벤치에 앉으며 물었다.

"속이 좀 불편해서요. 바람 좀 쐬고 싶었어요."

영선은 주 대리가 버린 임신 테스트기를 떠올리며 두유 뚜껑을 열었다. 주 대리와의 어색한 분위기 때문에 주머니 속에 있는 삼각 김밥은 꺼내지도 못한 채.

"영선 씨 평소에는 사무실에서 점심 먹는 것 같던데 오늘은 왜 여기 있어요?"

"은행에 볼일이 있었어요."

주 대리는 고개를 끄덕였다.

"그럼 편히 먹고 와요. 먼저 갈게요."

주 대리는 일어나 공원 출구 쪽으로 걸어 나갔다.

영선은 멀어지는 주 대리를 보며 언젠가 회사 화장실에서 직원들끼리 나누던 이야기를 떠올렸다. 칸 속에 영선이 있다는 것을 모르던 그들은 주 대리의 뒷말을 서슴없이 내뱉었다. 동료들을 위해서는 절대 돈을 쓰지 않는다, 일만 열심히 하면 뭐 하느냐, 사람들과도 어울릴 줄 알아야지, 애가 있으면 빨리 퇴근을 해야지, 어째서 혼자 야근을 해서 다른 사람들 눈치 보게 하는지 모르겠다, 버는 돈으로 옷도 좀 사 입었으면 좋겠다.

누군가의 입에서 영선의 이름이 흘러나왔다. 영선은 숨을 죽이고 긴장한 채 올곧이 서 있었다. 마침 낯선 구두 소리가 들려왔다. 그녀들의 목소리는 중단되고 우르르 몰려나가는 신발 소리가 이어졌다.

그들이 나누려던 이야기를 예측할 수 있었다. 스물아홉이란 나이에 왜 사무보조 아르바이트를 하느냐, 매일 입고 다니는 검은 점퍼는 교복이냐, 화장도 하지 않은 얼굴이 촌스럽다, 친절하지 않은 영선의 태도를 김 과장이 못마땅해하는 건 당연하다.

그런 말들을 직접 들었어도 개의치 않았을 것이다. 어차피, 이 회사에 다니는 이유는 돈을 벌기 위해서, 그것

하나뿐이니까. 때문에 영선은 맡은 일만 기계적으로 수행했다. 이 회사에서의 인간관계는 중요하지 않았다. 점심도 직원들과 함께하지 않았고 회식에도 참석하지 않았다. 6시가 되면 가방을 메고 사무실을 나왔다.

그런 자신의 태도를 사람들이 탐탁지 않아 한다는 것쯤은 영선도 알고 있었다. 특히 김 과장은 영선에게 대놓고 주의를 준 적이 있었다. 알바생이지만 맡은 일만 하기보다는 회사에 애정을 가지고 적극적으로 나서주기를 충고했다. 회사에서 추진하는 이벤트에 대해서도 기획안까지는 아니어도 아이디어 정도는 내주기를 바랐다. 점심 식사도 같이하고 당연히 회식도 참석하고. 영선은 그런 일을 시킬 것이면 직원을 채용해야지 알바를 뽑을 이유가 없다고 생각했기에 김 과장의 주의에도 달라지지 않았다.

작은 변화라고 하면 화장실에서 직원들의 대화를 들은 이후 주 대리가 눈에 들어오는 정도였다. 그들은 주 대리를 사적인 모임에 끼워주지 않았다. 회식이 아닌 날에도 직원들끼리 함께 밥을 먹으러 가거나 카페에 가곤 했는데 그 자리에 주 대리는 없었다. 주 대리가 결혼을 하고 아이가 있기 때문이라고 생각한 적도 있었지만 그녀에게만 해당되는 사항은 아니었다. 이후 영선은 주 대리와 마주치거나 말을 섞을 일이 생기면 이상하게 마음이 편치 않았다.

아무튼, 영선은 지금 기분 전환이 필요했다. 주머니에
서 이어폰을 꺼내 휴대폰과 양쪽 귀에 장착하고 멜론 앱
을 열어 음악을 재생시켰다. 부드러운 피아노 선율의 전
주가 흐르고 나서야 주머니 속의 삼각 김밥이 생각났다.

3

도어락 비밀번호를 눌렀다. 철커덕 문이 열리자 집 안으
로 들어섰다. 신발을 벗고 거실로 들어온 뒤 점퍼를 벗
어 팔에 둘렀다. 보일러를 외출로 해놓은 상태라 집 안
공기가 선뜩했다. 영선은 어깨를 움츠리며 식탁 의자에
걸쳐 있는 숄과 개수대 위의 고무장갑, 줄무늬 식탁보와
냉장고에 붙어 있는 달력을 눈으로 훑었다. 엄마가 돌아
가신 지 6개월이 지났지만 남아 있는 흔적들을 지나칠
수 없었다. 무형이었던 엄마의 형체가 살아나 집 안을
거니는 모습으로 떠올랐다. 엄마를 느끼고 싶다는 바람
으로 집 안의 공기를 크게 들이마셨다.

방으로 들어가 수면 바지와 수면 양말을 신고는 가방
에서 책을 꺼내 들고 거실로 나왔다. 식탁 의자에 앉아
숄을 어깨에 두른 뒤 9급 공무원 과목인 한국사 책을 펼

쳤다. 내용을 암기하고 문제를 풀어나갔다.

한참을 집중하다 고개를 드니 밤 10시 30분이었다. 문밖에서 도어락 비밀번호 누르는 소리가 들려왔다. 영선은 문 쪽으로 고개를 돌렸다.

집 안으로 들어온 영우는 등에 메고 있던 짙은 회색 백팩과 손에 들었던 검은 비닐봉지를 바닥에 내려놓고 신발을 벗었다. 영선은 영우의 가방 속에 있는 물건들을 짐작해나갔다. 노트북과 칫솔, 치약 등의 간단한 생활용품을. 영우는 퇴근 뒤 회사 근처에서 영어 스터디를 했다. 집에서는 잠만 자는 것이나 마찬가지였다.

"그건 뭐야?"

영선은 검은 봉지를 가리키며 물었다.

"떡볶이 좀 샀어."

영우는 봉지를 영선에게 건네주고는 옷을 갈아입겠다고 말한 뒤 백팩만 들고 방으로 들어갔다. 영선은 봉지 안에서 포장된 떡볶이를 꺼내 접시에 옮겨 담고 일회용품은 물로 씻어 싱크대 한쪽에 올려놓았다.

영선과 영우는 떡볶이를 가운데 두고 식탁에 마주 앉았다. 젓가락 네 개가 조용히 오갔다. 음식물을 씹고 목으로 넘기는 소리만이 두 자매 사이를 채워나갔다. 영선은 영우 얼굴을 조심스레 살폈다.

"회사에서 온 거야? 아님 스터디?"

"회사. 야근했어."

"밥도 안 먹고?"

"중간에 왔다 갔다 하는 게 귀찮아서."

"이제 방도 혼자 쓰는데 집에 와서 하지 그래? 매일 저 무거운 걸 메고 다니는 것도 힘들 텐데."

"퇴근 시간에는 지옥철이고 집에서는 집중도 잘 안 돼서."

영선은 더 이상 말을 붙일 수 없었다. 영우 얼굴이 지쳐 보였다.

영우는 젓가락을 내려놓고 고개를 숙인 채 잠자코 있었다. 갑자기 불안이 엄습했다. 영선이 영우의 이름을 부르려던 차, 영우가 고개를 들었다.

"언니, 나 씻고 잘게."

"응, 그래."

영우는 욕실로 들어갔다. 문이 잠기는 소리에 이어 물소리가 들려왔다.

영우는 자신이 원하는 것에는 분명한 의사를 밝히는 아이였지만 사사로운 감정을 드러내지는 않았다. 그만큼 다른 이들이 자신에게 감정을 드러내는 것도 원치 않았다. 어릴 때는 그로 인해 오해가 생겨 다투고 기분이 상한 적도 자주 있었지만 사춘기를 지나면서 적당히 거리를 두고 지내왔다. 각자의 삶에 개입을 하지 않은 것이다. 그래선지 영선은 영우가 불편하지는 않았지만 마음 속 이야기를 할 수 있을 정도로 편하지도 않았다. 하지만 엄마가 돌아가신 뒤부터 은근히 신경이 쓰였다. 그렇다고 소원하게 지냈던 관계를 단번에 좁힐 수도 없었다.

입맛이 사라진 영선은 젓가락을 내려놓고 숨을 고른 뒤 식탁을 정리했다. 잠시 뒤, 영우는 젖은 머리카락을 수건으로 말아 올린 채 욕실에서 나왔다. 식탁 위에 올려놓았던 휴대폰을 들고는 말없이 방으로 들어갔다.

영선도 식탁 위에 펼쳐놓은 책들을 챙겨 방으로 들어갔다. 그제야 한 달 동안 쓸 생활비 정리를 해야 한다는 걸 깨달았다.

영선은 장롱에서 검은색 노트를 꺼내 펼쳤다. 이 노트는 엄마가 쓰던 것으로 영선이 이어서 사용하고 있었다. 한 장 한 장 천천히 넘기며 백 원까지 꼼꼼하게 적은 엄마의 필체를 눈여겨보았다. 꾹꾹 눌러쓴 반듯한 글자에서 정성과 더불어 비장함이 느껴졌다.

엄마는 월급의 반은 적금에 넣고 반은 생활비로 사용했다. 나머지 부족한 부분은 영선과 영우가 보탰다. 엄마가 돌아가시고 통장을 전부 정리했는데 남은 돈은 거의 없었다. 엄마가 치료 중일 때도 보험금만으로 부족해 적금까지 해지해야만 했다. 그때부터 영선과 영우가 생활비를 더 거들었는데 영선은 공시를 준비하고 있었기에 영우가 생활비의 삼 분의 이를 책임질 수밖에 없었다.

영선은 수도권에 있는 4년제 대학의 문예창작과를 졸업했다. 중, 고등학교 때는 교내 대회에서 상도 받고 재능이 있다는 소리를 들어왔다. 하지만 작가가 되겠다는 소망은 없었다. 대회에 나갔던 것도 선생님의 제안 때문이었다. 영선은 어떻게 해서든지 대학에 가면 그만이라고 생각했다. 과는 중요하지 않았다. 대학에 와서 마음이 조금 흔들린 적도 있었지만 문학은 투자한 시간 대비 대가가 돌아오는 일이 아니었다.

과 동기들이 문학을 탐미할 때 영선은 엑셀과 파워포인트, 포토샵을 독학했고 평일이나 주말, 밤낮 거르지 않고 아르바이트를 했다. 반드시 학기 중에 등록금을 마련해야 했고 대학 졸업장을 받아야만 했다. 일을 하면서 학점을 높이는 데도 심혈을 기울이고 취업에 필요한 공부를 했다. 4년 동안 영선이 이뤄낸 평균 학점은 3점이었다.

많은 대학생들의 바람처럼 대기업 광고나 마케팅팀의 정규직으로 취업하고 싶었다. 4학년 때 몇 곳에 서류를 넣었지만 당연하다는 듯 떨어졌다. 일 년 더 준비해서 대기업 취업 자리를 노릴까도 고민했다.

하지만 집안 사정을 고려하면 하루라도 빨리 돈을 벌

어야만 했다. 영선은 다음 해 직원이 백 명 정도 되는 중소기업 광고 회사에 비정규직으로 취업한 뒤 마케팅 업무를 맡았다. 열심히 일을 하고 버티면 언젠가는 정규직이 될 수 있을 것이라 생각했다.

상사와 사람들과의 관계를 생각해 회식 자리에도 빠지지 않았고 어떤 상황에서도 적극적으로 나섰다. 하지만 자신의 노고는 상사나 선배의 공으로 넘어가는 일이 다반사였다. 그럼에도 배우고 성장하는 단계라 여기며 참고 견디었지만 돌아오는 것은 없었다. 대기업에 비해, 정규직에 비해 연봉이 적다는 사실은 그나마 견딜 수 있었다. 영선이 참을 수 없었던 것은 사장의 철학이었다.

자기보다 일 년 먼저 들어온 계약직 선배는 정규직 직원보다 높은 실적을 올렸지만 결국 재계약이 되지 못하고 쫓겨나듯 회사를 나가야 했다. 영선은 그 모습에서 자신의 미래를 보았고 회사는 영선에게 관심이 없다는 것과 회사에 대한 정성이 자신의 성장과는 무관하다는 사실을 깨달았다.

영선에게 중요한 것은 오직 자신의 미래였다. 그래서 선택한 것이 공시였다. 공무원 시험을 준비하는 청년들은 도전과 패기 없이 안정만 추구한다는 듯한 시선이 있었지만 영선이 공무원을 원하게 된 것은 먹고살기 위함을 비롯해 다른 이유도 있었다. 법정 근로 시간에만 일을 하고 나머지는 쉬는 삶을 영위하고 싶었기 때문이다.

영선은 공시 준비를 위한 4천만 원이 모일 때까지만 일을 하자 결심했고 3년 동안 그 돈을 모았다. 소비나 여행, 문화생활, 연애를 포함한 개인적인 인간관계는 모두 포기하며 지내야 했다. 주변 또래들은 돈이 모이면 할부로 차를 사거나 일 년에 한 번은 해외나 제주도로 여행을 다녀오곤 했고, 미술관 등을 다니며 근황인 듯한 자랑이 담긴 사진을 SNS에 올렸다. 영선은 넘보지 못할 세계였다. 마음 둘 곳을 찾지 못할 때마다 인터넷 뱅킹 앱으로 들어가 늘어가는 숫자를 봤고, 언젠가는 그들처럼 누릴 수 있는 날이 있을 것이라 생각하며 마음을 다 잡았다.

스물여섯 살 겨울 퇴사를 하고, 스물일곱 살에 9급 공무원이 되기 위해 노량진에 있는 학원에 등록했다. 학원에서 만난 K와 희진과 정보를 공유하며 스터디 모임을 만들었다. 영선은 그때 누군가와 시간과 공간을 나누는 것 역시 공짜가 아니었음을 알았다. 마음이 가지 않아도 분위기를 망치지 않기 위해 함께 밥을 먹고 디저트와 커피를 마셔야 했다. 어느 순간부터 경제적인 이유로 이들과의 만남이 부담스러워졌고 일 년을 끝으로 모임에서 나왔다. 이후 단체 카톡방에서 가끔 서로의 일상을 공유하다가 얼마 전, K가 공무원 시험 준비를 그만두고 아버

지의 사업체에서 일하기로 결정하면서 자연스럽게 소식이 끊겼다.

영선은 일 년 동안 공부에만 몰두했지만 결과는 불합격이었다. 그동안 수고한 시간과 돈을 생각하며 혼자서 눈물을 삼켜야 했다. 처음부터 합격하는 일은 드문 일이라 여기며, 실망하지 말자고 다짐하고 마음을 다독였다. 정신을 차리고 나니 또 다른 걱정이 밀려들었다. 통장의 숫자가 줄어들고 있었다.

학원에 다니면서 공부하는 것이 망설여졌다. 월평균 60만 원에서 100만 원가량의 학원비를 감당하는 게 사실상 불가능했다. 일타 강사들의 강의와 정보, 모의시험과 자료들을 접할 수 없는 아쉬움이 있었지만 현실을 회피할 수 없었다. 영선은 독학을 결심하고는 주말에만 편의점에서 아르바이트를 시작했다. 계산할 때를 빼고는 늘 손에서 책을 놓지 않았다. 공부할 시간에 아르바이트를 하는 것에 대한 불안함이 있었지만 엄마와 동생에게 손을 벌리지 않고 용돈을 벌어 쓸 수 있는 것만으로 다행이라 여겼다.

영선의 일상은 혼자 있는 시간으로 채워졌다. 누구와도 긴 이야기를 나눌 수 없었다. 영선이 대화를 나누는 상대는 고객뿐이었다. 영선은 머릿속에 공부한 내용 외에는 아무것도 남겨두지 않으려 애를 썼다. 영선의 시간은 쉴 틈 없이 흘러갔다.

그런데 엄마가 갑자기 쓰러지면서 시간이 멈춰버렸다.

엄마를 발견한 곳은 아파트 엘리베이터 안이었다. 아파트 입주민의 신고로 구급차가 단지 안으로 들어왔고 엄마는 병원 응급실로 실려갔다.

영선과 영우가 연락을 받고 병원에 도착했을 때, 의사의 표정은 엄마의 예후를 예감한 듯 단단히 굳어 있었고 이마에는 호두알 표면과도 같은 깊은 주름이 새겨져 있었다. 영선은 궁금했다. 엄마는 정말 몰랐을까. 몸이 망가지고 있다는 것을. 분명 전조 증상이 있었을 텐데. 엄마는 가끔 꼼짝할 수 없을 정도로 피곤해했지만 늘 나이 탓으로 돌렸다. 돌이켜보면 그 말에도 허점이 있었다. 몸속에 불길한 변화가 생겼다는 것을 알고도 모른 척한 것은 아닐까. 인정하고 싶지 않았기 때문은 아닐까. 진실은 알 수 없다. 분명한 것은 병은 감출 수 있는 것이 아니었다.

한 달 사이 엄마 몸은 급격하게 나빠졌다. 수술도 할 수 없는 지경이라 항암제로 암세포를 죽이고 모르핀으로 통증을 참아내야만 했다. 영선은 그 시간들을 더듬더듬 되돌려보았다.

더위가 시작된 5월이었다. 주말에 했던 편의점 아르바

이트는 그만두고 병원과 집을 오가며 영선이 엄마의 간병을 전적으로 맡았다. 영우는 새 제품 출시를 앞두고 프로젝트를 진행하고 있었다. 돈을 버는 사람이 필요했다.

살 수 있다는 희망을 붙잡고 하루하루를 견디었지만 엄마는 끝내 세상을 떠났다. 두 자매는 갑자기 사라진 시간을 무엇으로 채워야 할지 몰랐다. 장례식이 끝나고 영우는 방에서 나오지 않았다. 아침이 되면 꾸역꾸역 출근하고 밤이 되어서야 집으로 돌아와 다시 방으로 들어갔다.

영선은 생각지 못한 감정에 휘말렸다. 그동안 이 집은 영선에게 벗어나고 싶은 곳이었다. 빌라 앞에 쌓인 쓰레기 때문에 여름에는 파리가 날리고 쉰내 나는 음식물 냄새가 진동했다. 여름에는 덥고 겨울에는 추운 집. 장마 때는 습한 기운 때문에 베란다 위쪽에 곰팡이가 피어났다. 그런데 엄마가 돌아가시고 나니 이 집이 엄마이기라도 한 것 같았다. 흔적을 만지고 냄새를 맡고 보듬어나갔다. 엄마의 체취는 특별한 데 있지 않았다. 칫솔, 슬리퍼, 앞치마, 화장품……. 모든 사물에는 엄마의 손길이 남아 있었고 시간이 깃들어 있었다. 영선은 지난 시간을 복기하며 형체 없는 위안을 받았다.

영선은 돈에 대해 생각했다. 그동안 모은 돈에서 1천

만 원은 엄마의 병원비로 들어갔고 1천만 원은 공무원 공부 하는 데 썼다. 남은 돈은 2천만 원이었다. 생활비 전부를 영우에게 전가할 수는 없었고 2천만 원을 깨고 싶지도 않았다. 영선에게 돈이 사라지는 것은 돈만 없어지는 것이 아니라 험난했던 직장 생활을 버텼던 시간마저 모두 물거품 되어버리는 일처럼 여겨졌다. 재취업도 생각해보았지만 그동안 공시를 위해 노력하고 공부한 것이 아까웠다. 그래서 선택한 것이 사무직 아르바이트였다.

2개월 전인 9월, 이벤트 회사의 아르바이트 자리를 구했다. 영선이 하는 일은 영수증 처리와 자료 복사, 간단한 서류 작성과 물품 정리 등이었다. 어쨌든 몸은 힘들 테지만 머릿속으로는 원하는 것을 생각할 수 있었다.

월급은 150만 원이었다. 100만 원은 저축하고 나머지 50만 원을 생활비로 썼다. 전기세, 수도세, 도시가스비는 영우가 부담했다. 교통비 20만 원, 휴대폰비 5만 원, 실비 보험료 2만 원, 멜론 스트리밍 월정액이 9천 원이었다. 나머지 22만 원을 점심값 등으로 사용했다.

영선의 계획은 일 년 동안 아르바이트를 하는 것이다. 그 기간 동안 1천 2백만 원을 모을 수 있다. 그 돈으로 학원비와 생활비를 충당하며 공부에만 집중할 수 있으리라 생각했다. 물론 또래 20대 친구들의 세계를 좇는 것은 불가능했다. 영선은 점점 세상과 단절되는 자신을 발견하곤 했는데 그때마다 미래를 상상했다. 지금보다 나은 시간을.

그럼에도 단 하나 포기할 수 없는 것은 음악이었다. 건조한 일상에도 가끔은 윤기와 활기가 필요했다. 가성비가 가장 좋은 방법은 음악을 듣는 것이다. 영선이 월 9천원 하는 멜론 스트리밍 이용권을 놓지 못하는 까닭이었다. 길을 걷거나 공원에 있을 때, 도서관에서 잠시 숨을 돌리고 싶을 때, 다른 시공간으로 떠나기를 희망할 때, 현실에서 한 발자국 비켜나고 싶을 때 찾는 것은 음악뿐이었다.

영선은 이어폰을 휴대폰에 연결하고 양쪽 귀에 꽂았다. 귓가에 〈달에게〉라는 노래가 흘러들었다. 서정적인 가사와 달빛처럼 은은한 선율에 눈을 감고 자신만의 달의 세계를 상상했다. 어린 왕자가 사는 작은 행성과 닮은 그곳의 뒷면에는 지중해의 한낮처럼 오렌지빛과 초록빛이 가득했다. 영선은 해사한 원피스를 입고 그 사잇길을 천천히 오갔다. 그곳에서 엄마를 마주쳤는데 얼굴에 비친 달의 음영 때문인지 엄마는 편안해 보였다. 엄마에게 다가가려는 찰나, 음악이 멈추었고 3분 44초 동안의 세계는 저물었다. 아쉬운 마음에 같은 노래를 다시 재생시키고 눈을 감았다.

4

영선은 눈꺼풀을 밀어 올리며 오늘이 토요일이라는 사실을 떠올렸다. 두 다리를 가슴팍에 붙인 채 몸을 둥글게 말며 극세사 이불 속으로 파고들었다. 커튼 틈으로 차가운 기운이 입김처럼 스며들었다.

오래된 창틀은 잘 맞지 않아 아무리 굳게 닫아도 바람이 새어 들어왔다. 엄마는 겨울이 되면 뽁뽁이 비닐로 그 틈을 막았다. 오랫동안 그것을 보아온 영선은 이제 알아서 처리할 수 있게 되었다. 이대로 이불 속에 좀 더 머물고 싶었지만 여유를 부릴 수 없는 현실을 깨닫고는 이불을 발밑으로 걷어냈다.

카디건을 걸치고 거실로 나오자 식탁 위에 놓여 있는 딸기잼과 커피잔, 빈 접시가 눈에 들어왔다. 영선은 식빵 부스러기가 흩어져 있는 접시를 내려다보았다.

영우 방 문을 열었다. 짙은 회색 가방이 보이지 않았다. 영선은 매트리스 위에 아무렇게나 놓여 있는 이불을 반듯이 펴 놓고, 바닥에 널린 옷들을 행거에 걸어두고 거실로 나왔다.

전기포트에 물을 넣고 전원 버튼을 누른 뒤 일회용 카누 커피 알갱이를 머그잔에 쏟았다. 봉지에서 식빵을 꺼내 토스터에 넣고 전원 버튼을 눌렀다. 구운 빵에 딸기잼을 바른 뒤 뜨거운 물을 잔에 붓고 젓가락으로 저었다. 바삭한 토스트와 함께 호르르, 커피를 마셨다.

식탁을 정리한 뒤 욕실로 들어가 몸을 씻고 나왔다. 방으로 들어와 얼굴에 로션과 선크림을 바르고 옷을 갈아입고 도서관에 가기 위해 가방을 챙겼다. 그때 문밖에서 초인종 소리가 들려왔다. 영선은 거실로 나와 인터폰을 확인했다. 낯선 중년 여자가 고개를 갸웃거리며 문 앞에 서 있었다.

"누구세요?"

"집주인이에요."

놀란 영선은 문을 활짝 열며 들어오시라고 말했다. 집주인은 몸을 안으로 밀어 넣었다. 신발을 벗지 않은 채 집 안을 둘러보았다. 영선의 시선은 그녀 뒤를 따랐다. 낯선 이에게 속살을 보인 것처럼 부끄러움이 밀려들었다. 영선은 무슨 말을 어떻게 시작해야 할지 고민하다가 "차라도 드릴까요?"라고 먼저 물었다.

"아뇨. 괜찮아요. 아주머님은 안 계세요? 전화했는데 없는 번호라고 해서 찾아왔어요.

"그게…… 엄마가 돌아가셨어요."

"네? 언제요?"

화들짝 놀란 집주인이 다급하게 물었다.

"6개월 전에요."

눈을 동그랗게 뜬 집주인은 입을 닫았다. 마른침을 삼키고는 말을 이어나갔다.

"상심이 크겠어요. 어머니랑 딸 두 분이 살았던 것 같은데. 그럼 부모님 없이 따님 둘이서 사는 건가요?"

"네. 그런데 무슨 일 때문에……."

"상황이 조금 힘든 것 같은데 이런 소식을 전하게 되었네요. 내년 봄에 우리 아들이 결혼을 하거든요. 이 집을 수리해서 신혼집으로 쓰려고요. 4월 3일이 갱신일인데. 이 일 때문에 어머님 번호로 전화를 했는데 없는 번호라고 해서 깜짝 놀라서 달려왔어요."

"네……."

"필요하면 임대차 승계 사실 확인서 써줄게요."

"그게…… 뭔데요?"

영선은 천천히 물었다.

"계약자인 엄마가 돌아가셨으니까 큰 따님이 전세 계약금을 상속받는 거랑 같은 건데……. 하긴 계약일이 몇 달 안 남았지만……. 찜찜하면 연락해요. 써줄 테니."

"알겠습니다. 그러니까 내년 4월 3일까지 이 집을 비워달라는 거죠?"

"맞아요. 집에 전세 계약서가 있을 거예요. 일단 찾아서 확인해보고 연락주세요. 계약서에 내 번호가 있어요. 아, 아가씨 번호 좀 줄래요?"

영선은 집주인에게 휴대폰 번호를 불러주었다. 집주인은 본인 휴대폰에 번호를 저장한 뒤, 연락을 달라는 말을 남기고 돌아섰다. 영선이 문을 열어주자 서둘러 계단을 내려갔다.

영선은 문을 닫고는 멍하니 서 있다가 식탁 의자에 걸터앉아 집 안을 찬찬히 둘러보았다. 집 안 구석구석에 숨어 있던 엄마의 흔적들이 살아나 피부에 와닿았다. 목소리가 들릴 듯했다. 사사로운 기억들이 영선을 가만두지 않았다. 그런데 이 집을 떠나야 한다니, 도무지 실감이 나지 않았다.

방으로 들어와 장롱 문을 열었다. 나무에 밴 세월의 냄새를 훅 들이마시고는 청약 통장 옆에 있는 계약서를 꺼내 살폈다. 전세 보증금은 1억 2천만 원이었다. 이제 무엇을 어떻게 해야 하는 건가. 영선은 막막했다. 급한 대로 휴대폰으로 포털 사이트로 들어가 검색창에 '전세 구하기'라고 쓰고 검색 버튼을 눌렀다. 꼼꼼히 읽어보아도 특별한 내용을 찾을 수 없었다.

거실로 나와 베란다 창문을 열었다. 골목에 있는 부동산이 눈에 들어왔다. 영선은 가방 속에 계약서를 집어넣고는 급히 밖으로 나섰다.

부동산 안으로 들어가자 훈훈한 공기와 특유의 서류

냄새가 풍겼다. 낯선 분위기에서 서성거리던 영선은 무슨 일로 오셨냐는 중개인의 물음에 사정을 털어놓았다. 중개인은 측은한 눈길로 영선을 바라보더니 금세 웃는 얼굴로 바꾸고 차를 마실 거냐고 물었다. 영선은 괜찮다고 했다. 전셋집을 구할 거냐는 중개인의 물음에 영선은 고개를 끄덕였다.

"가족이 어떻게 돼요?"

"동생과 둘이에요."

"동생은 학생이에요?"

"아뇨. 회사 다녀요."

"두 분 다 직장에 다니니까 큰길, 역세권에 있는 신축 빌라는 어때요? 출퇴근하기도 편하잖아요."

"글쎄요······."

영선은 쩔쩔맸다.

영선의 표정을 주의 깊게 살피던 중개인은 전세 보증금이 얼마냐고 물었다.

"1억 2천이요."

그녀는 미간에 힘을 주고는 컴퓨터 화면을 뚫어져라 보았다. 영선은 중개인의 눈 사이에 깊게 팬 주름을 보며 답을 기다렸다.

"현실적으로 이 동네에서 방 두 개짜리 빌라는 힘들고 언덕 위로 올라가야 할 것 같아요."

"왜요? 지금껏 그 돈으로 살았는데요."

"그사이 집값이 좀 오르면서 전세금도 올랐어요. 더 보탤 수는 없나?"

"그, 그게……."

영선은 그녀의 눈을 피하며 얼버무렸다.

"혹시 아파트는 어떠세요? 살기는 아파트가 좋죠. 급매로 나온 게 있긴 한데."

"아파트요?"

영선이 대답할 말을 찾는 도중, 중개인은 영선이 아파트에는 관심이 없다는 것을 알아채고는 벽에 붙어 있는 동네 지도 앞으로 다가가 손가락으로 위치를 가리켰다.

"여기 빌라는 그 돈으로도 충분한데."

지금 살고 있는 집에서 10분 정도 더 걸어 올라가야 하는 윗동네였다.

"어떻게, 지금 집을 보러 가요?"

"지금이요?"

영선은 당황스러웠다. 일단은 이 상황을 모면하고 싶었고 영우밖에 생각나는 사람이 없었다.

"아, 아뇨. 우선 동생이랑 상의한 뒤에요."

"그러세요."

중개인은 심드렁한 얼굴로 고개를 끄덕였다.

"번호를 알려주시면 다시 전화 드릴게요."

중개인은 지갑에서 명함을 꺼내 영선 앞으로 내밀었다.

영선은 부동산 중개인의 말을 곱씹으며 도서관으로 향했다. 걸으면서 집주인에게 전화를 걸었다. 계약서를 확인했고 집을 알아볼 것이라고 말하자 집주인은 이삿날을 계약한 날로 하면 좋은데 정 안되면 형편대로 맞춰보자고 한 뒤 전화를 끊었다. 영선은 가방에서 계약서를 꺼내 재확인했다. 4월 3일이었다. 지금이 11월 말이니, 넉 달 정도 여유가 있었다.

말로 표현할 수 없는 무엇인가가 밀려들었다. 관성의 법칙처럼, 이곳에서 벗어나고 싶지 않은. 이 상황이 전부 꿈이었으면 좋겠다고. 영선은 계약서를 가방 안에 넣고는 영우에게 전화를 하려다가 일에 방해가 될까 싶어 문자를 보냈다. 이토록 마음이 복잡할 때 필요한 것은 음악이었다. 영선은 어김없이 휴대폰에 이어폰을 꽂고 멜론 앱을 열었다.

영우에게서 전화가 온 것은 영선이 도서관 열람실에 도착해 자리에 앉은 뒤였다. 영선은 휴대폰을 들고 밖으로 나왔다.

"무슨 말이야?"

"문자 그대로야. 내년 4월에 이사를 해야 해. 그사이에 집을 구해야 하고."

영우는 잠잠했다. 영선은 엄마가 쓰러졌다는 연락을 받고 병원에 와서도 당황하지 않고 의사에게 앞으로 일어날 수 있는 상황에 대해 물었던, 그날의 영우 표정을 떠올렸다.

"언니, 부동산 중개인한테 내일 집 볼 수 있는지 물어봐."

"일요일인데 될까?"

"일단 물어보고. 알아는 봐야지."

"그럴게. 넌 오늘도 늦니?"

"응."

영선은 밥 잘 챙겨 먹으라고 말한 뒤 전화를 끊었다.

열람실 안으로 들어와 자리에 앉아 책을 펼쳤다. 눈앞에서만 글자가 맴돌 뿐 머리로는 들어오지 않았다. 열람실에서 나와 2층에 있는 종합자료실로 향했다. 생각 없이 서가 사이를 걷는 것은 영선의 습관이었다. 책등을 눈으로만 훑던 영선은 『빨강머리 앤을 만나다』라는 책을 꺼냈다. 〈빨강머리 앤〉은 어릴 때 자주 보던 애니메이션이었다. 책을 펼치자 TV에서 보았던 장면이 나타났다. 영선의 눈이 한곳에 머물렀다.

'세상은 생각대로 되지 않아요. 하지만 생각대로 되

지 않는다는 건 정말 멋져요. 생각지도 못했던 일이 일
어나는 것이니까요.'

  앤의 말을 반복해서 읽었다. 엄마의 죽음, 이 집을 떠
나야 하는 일. 모두 생각지도 못했던 일이다. '이 일이 나
쁜 것만은 아닐 수도 있다.' 앤처럼 생각하려 했다. 하지
만 어째서 힘이 빠지는 걸까. 영선은 터벅터벅 걸었다.
북 트럭 위에 책을 놓고 자료실에서 나왔다.
  열람실로 올라왔을 때, 누군가 영선의 앞자리를 차지
하고 앉아 있었다. 괜스레 마음이 상했다. 자신의 공간
을 침범당한 듯 불쾌해졌다. 영선은 펼쳐져 있던 책을
가방 속에 집어넣고 무작정 도서관에서 나와버렸다. 어
디로 가야 할지 머리를 굴렸다. 떠오르는 곳은 휴 카페
뿐이었다.

영선의 눈앞에 엄마가 떠나기 전, 마지막 모습이 아른거
렸다. 엄마 몸무게는 35킬로그램으로 줄었는데도 배는
점점 부풀어 올랐다. 몸이 작아진 엄마는 산소 호흡기를
달고도 힘겹게 숨을 몰아쉬었다. 그렇게 고통스러운 와

중에도 엄마는 같은 말만 반복했다. 영우를 잘 챙겨주고 보듬어주라고. 세상에 너희 둘뿐이니 둘이 의지하고 도우면서 살아야 한다고. 영선은 엄마와 약속했다. 꼭 그렇게 하겠노라고.

영선은 걸음을 멈추고 주변을 둘러보았다. 버스 정류장 앞이었다. 402번 버스는 전전 정류장에서 출발해 이곳으로 오고 있었고 2분 뒤 도착한다고 했다. 버스에 올라타 맨 뒷좌석에 앉았다. 다섯 정거장을 지나치고 난 뒤 뒷문으로 다가서 벨을 눌렀다. 버스가 멈추고 문이 열리자마자 계단을 밟아 내려 걸음을 재촉했다. 횡단보도를 건너고, 관상어를 파는 수족관을 지나쳐 좁은 골목으로 들어섰다. 거리는 한산했다. 문을 닫은 몇몇 가게들의 문에는 '점포 임대'라고 쓰여 있는 종이가 붙어 있었다. 영선은 쓸쓸해진 동네 분위기를 느끼며 편의점과 김밥집, 몇 개의 음식점과 작은 꽃집을 지나쳤다. 멀리로 시선을 올리자 이 층 단독 주택이 눈에 들어왔다. 영선의 걸음이 빨라졌다.

단독 주택 앞에 서서 'HUU'라고 쓰여 있는 글자를 눈여겨보았다. 문 앞에 있는 커다란 감나무도. 이곳에 마지막으로 왔을 때가 아르바이트를 시작하기 전인 8월이었다. 그 당시 나무는 온통 초록색이었다. 바람이 불면 무성한 이파리는 날아오를 듯 흔들렸다. 영선은 이파리에 바람 닿는 소리를 들으며 나뭇잎 사이로 드러난 파란 하늘을 바라보았다. 그 풍경이 좋아 한참을 감나무 그늘 아래 서 있곤 했다.

가을이 지나고 겨울이 되는 동안 나뭇가지는 앙상해졌다. 감이 있던 자리마다 붉은색 털실이 매달려 있었다. 크리스마스가 되려면 한 달 정도 남았지만 휴 씨가 미리 장식을 해놓은 것이라 짐작했다.

카페 문을 밀고 안으로 들어갔다. 빨간색 노래 우편함이 먼저 눈에 띄었다. 영선은 우편함과 그 옆에 놓인 기타를 지나쳐 카페 내부를 둘러보았다. 훈훈한 공기 속에 커피 향이 녹아 있었다. 재즈풍의 크리스마스 캐럴이 공기를 가르며 지났다. 주문대에 서 있던 카페 사장 휴 씨와 눈이 마주쳤다. 휴 씨는 커진 동공으로 영선을 바라보았다.

"오랜만이에요. 영선 씨."

휴 씨는 환하게 웃었다. 그녀의 해사한 미소만으로 영선의 마음은 밝아졌다.

"안녕하세요."

영선은 인사를 건네며 앞으로 다가섰다.

"따뜻한 아메리카노 맞죠?"

"네."

휴 씨 앞으로 카드를 내밀었다. 그녀는 카드를 리더

기에 넣고 계산을 하고는 돌려주었다. 영선은 가장 안쪽에 있는 테이블 의자에 앉았다. 곧 휴 씨가 다가와 따뜻한 아메리카노 한 잔과 버터 쿠키 두 개를 내려놓았다.

"아침에 구웠어요."

둘은 눈을 마주치며 미소를 주고받았다. 휴 씨는 주문대 쪽으로 되돌아갔다.

영선은 눈을 감은 채 커피 향에 집중했다. 보통의 커피 향에 신맛이 더해진, 이 카페의 공기 중에만 섞여 있는 향기. 시들어가는 화분에 물을 주듯 조심스레 커피를 한 모금 마셨다. 현실에서의 복잡한 감정은 어딘가에 밀어놓은 채 이 시간과 공간에만 집중했다.

영선은 가끔 휴 씨의 존재를 의심하곤 했다. 그녀는 새로운 기억을 재생시키는 마법의 커피를 만드는 사람이 아닐까. 휴 씨를 바라보며 은근한 미소를 지었다. 가방에서 한국사 책을 꺼낸 뒤 내용을 찬찬히 읽어나갔다.

책에 집중하던 영선은 머그잔을 집으며 고개를 들었다. 커피의 양은 반으로 줄었고 온도도 미지근했다. 카페 내부로 시선을 돌렸다. 영선을 사로잡은 것은 천장에 매달려 있는 새로운 장식, 작은 집 여러 개였다. 공중에 부양된 집에서 살고 있는 이들은 날개가 달린 사람들이었다. 발은 퇴화하고 날개가 이동 수단인 새로운 몸을 갖게 된 존재들. 영선은 휴 씨의 상상력이 재미있어 은근한 미소를 지었다.

휴 카페를 발견한 건 엄마가 아프기 시작하고 일주일 뒤였다. 영선은 항암제 부작용으로 고통받는 엄마 모습을 내내 지켜보아야 했다. 엄마의 고통은 영선에게도 고스란히 전이되어 마음속에 통증을 일으켰다. 엄마가 잠든 뒤 도망치듯 병원을 빠져나왔다. 어디로 가야 할지 몰랐다. 분명한 사실은 누구도 찾아낼 수 없는 영선만의 장소가 필요하다는 것이었다.

마음이 답답하거나 복잡할 때면 언제나 걸었다. 움직이는 몸과 달라지는 풍경에 몰두하다 보면 현실을 잊을 수 있었다. 길은 어디로든 통했고, 이어지는 골목과 큰길을 따라 걷다가 돌고 돌아서 병원 인근 공원 벤치에 앉았다. 머리 위에서 지저귀는 새 소리에 고개를 들었다. 새가 날개를 펴고 하늘을 가로질렀다. 영선은 저 새처럼 훨훨 날아가고 싶었다.

버스 정류장에 이르렀다. 날개가 없는 영선은 버스의 바퀴를 이용하기로 했다. 세 번째 도착하는 버스를 타기로 결심했고 201번과 51번이 정류장을 지나갔다. 402번 버스가 도착하자 망설임 없이 올라탔다. 창문을 바라보다가 길 건너 수족관을 발견하고는 무작정 벨을 눌렀다. 차에서 내린 뒤 횡단보도를 건너 수족관 앞에서 물고기를 하염없이 바라보다가 길을 걸었다. 영선은 새로운 길을 찾으려는 듯 골목으로 파고들었다. 한참을 걷자 지치기 시작했고 쉬고 싶어졌을 때 어둠이 깃든 골목 끝에 등불처럼 켜져 있는 글자를 발견했다. 'HUU'였다.

오랜 시간이 느껴지는 단독 주택 이층집. 카페는 1층에 자리했다. 집 뒤의 야트막한 언덕에는 나무들이 즐비했다. 밤의 숲은 안온한 품처럼 카페를 감싸 안고 있었다. 카페 안에는 노르스름한 빛이 머물러 있었다. 그 따뜻함과 아늑함에 매료되어 문을 밀고 안으로 들어갔다.

두 명의 손님이 각자 떨어져 앉아 커피를 마시고 있었다. 영선이 주문대 앞에 서자 40대 중반으로 보이는 여자가 다가섰다. 화장기 없는 얼굴에 긴 파마머리, 머릿결이 부스스해 보였지만 그 모습이 오히려 자연스러웠다. 영선은 따뜻한 아메리카노를 주문한 뒤 이 자리에 앉아 커피를 마셨다. 둥근 테이블과 각기 다른 모양의 마주 보고 있는 의자 두 개. 한 평도 되지 않는 이곳은 영선이 3천 원으로 마련한, 영선만의 공간이었다.

사람들은 아무도 영선을 신경 쓰지 않았다. 영선도 마찬가지였다. 그들과의 적당한 거리감은 세상에 속한 안정감을 주는 동시에 사적인 공간을 만들어주었다. 영선이 커피와 음악으로 마음을 녹이는 동안, 노부부가 카페 안으로 들어왔다. 그들은 카페 사장을 휴 씨라고 불렀다. 영선은 입을 달싹거리며 그 이름을 불러보았다.

"휴."

조그맣게 벌어진 입술 틈으로 새어 나오는 바람, 안도를 불러들이는 작은 숨. 엄마의 죽음이라는 공포와 원하는 곳에 도달할 수 없는 막막함과 뒤로 밀리게 될지 모른다는 불안이 풍선 입구에서 빠져나가는 바람처럼 흩어졌다.

이후 영선은 가끔 이곳에 와서 음악을 듣고 커피를 마셨다. 휴 카페에서는 이어폰을 꽂고 음악을 찾아 어딘가로 떠날 필요가 없었다. 공간 자체에 음악이 가득했으니까. 휴 씨가 선곡한 노래에 마음을 얹기만 하면 되었다. 휴 카페에는 휴만의 시간의 흐름이 존재한다고, 영선은 생각했다.

휴 씨가 영선의 사정을 알게 된 것은 엄마가 중환자실 기계에 몸을 의지하고 있을 때였다. 병원에서 영선은 늘 의연해야 했다. 엄마와 영우에게 흔들리는 모습을 보이지 않으려 노력했다. 하지만 영선은 이 모든 상황이 감당할 수 없을 정도로 벅찼고 달아나고 싶었다.

그날, 참고만 있던 눈물이 한꺼번에 쏟아져 내리고 말았다. 휴 씨는 탁자 위에 휴지와 물을 올려놓았다. 다행히 카페에는 아무도 없었고 영선은 휴 씨와 대화를 나눌 수 있었다. 휴 씨는 영선에게 용기도 희망도 강요하지 않았다. 그저, 영선의 이야기를 들어주고 마음을 다

독여주었을 뿐이다.

영선은 휴 씨를 바라보았다. 헐렁한 청바지에 보풀이 인 하얀색 니트를 입고 있는 그녀. 세상의 변화와 무관한 삶을 살고 있는 듯한 그녀의 존재는 영선에게 위안이 되었다. 언제나 같은 자리에 머물러 있는 사람, 갑작스럽게 찾아와도 시간을 나눠주는 사람. 영선은 그녀의 행적, 살아온 시간들이 궁금해졌다. 어떤 일상이 그녀를 이곳으로, 지금의 삶으로 이르도록 했을까. 영선은 서두르지 않았다. 마음을 시간에 맡겨두면 알 수 있는 날이 있으리라 여겼기에.

곧, 카페 안에 익숙한 피아노 전주가 흘러들었고 영선은 그 노래에 귀를 기울였다. 2년 전쯤 80년대를 배경으로 했던 드라마의 OST 중 한 곡으로 혁오가 리메이크한 노래였다. 영선이 태어나기 전부터 세상에 존재했던 노래. 이곳에서는 원곡 가수의 젊은 시절 목소리로 흘러나왔다. 그런데 제목이 가물거렸다. 영선은 일어나 휴 씨에게 다가갔다.

"이 노래 제목이 뭐였죠?"

"〈소녀〉요."

"아, 소녀. 생각났어요. 노래 우편함에 신청된 곡인가요?"

휴 씨는 웃으며 고개를 끄덕였다.

영선은 자리로 돌아와 앉았다. 노래를 듣고 있으니 오래전 처음으로 아파트로 이사한 날이 떠올랐다. 영선이 초등학교 3학년 때였다. 이삿짐을 다 옮기고 정리가 한참 남았는데 아빠가 보이지 않았다. 다시 나타난 아빠의 손에는 생크림 케이크가 들려 있었다. 아빠는 중국집에서 자장면을 시켰다. 음식을 펼쳐놓고 엄마를 바라보며 이 노래를 불렀다.

그날, 이 노래 가사처럼 창밖에는 주홍빛 노을이 지고 있었다. 가수의 목소리에는 슬픔과 그리움이 배어 있었지만 아빠의 목소리에는 기쁨이 넘쳐 우렁차기만 했다. 아빠가 그 노래를 부른 이유는, 엄마에게 청혼할 때 불렀던 노래였기 때문이다. 영선은 영우와 엄마가 아빠를 보며 배를 잡고 소리 내 웃었던 기억을 떠올렸다. 아빠의 힘찬 선율로 감싸인 그날의 아파트는 따뜻하고 즐거웠다. 19년 전 느꼈던 그날의 감정과 그날의 냄새와 그날의 분위기는 물리적인 법칙을 깨고 지금 이 순간, 영선의 몸속으로 흘러들었다.

노래를 신청한 사람을 찾기 위해 두리번거렸다. 창가에 앉아 있는, 희끗희끗한 머리카락에 풍채 좋은 남자가 눈에 들어왔다. 아빠가 살아 있었다면 저 남자의 뒷모습과 닮지 않았을까. 영선은 아주 오랜만에 아빠를 생각했다.

오중식은 1956년에 태어난 베이비부머 세대였다. 지방에서 고등학교를 졸업하고 무작정 서울로 올라왔다. 일자리를 찾아 많은 젊은이들이 서울로 향하던 시절이었다. 스무 살이 되던 1975년에 구로동에 있는 식품 회사 공장에 취업했다.

그 공장에서 아내 김민숙을 만났다. 둘은 2년 동안 연애를 했고 1986년, 오중식이 서른한 살, 김민숙이 스물여덟 살에 결혼했다. 영등포에 있는 방 한 칸짜리, 부엌이 달린 곳에 신혼집을 마련했다. 보증금 40만 원에 월세가 7만 원이었다.

집주인을 제외하고 한 지붕 아래 세 가구가 살 수 있는 집이었다. 세 들어 살던 세 가구는 화장실 한 개와 두 개의 수도를 공동으로 사용해야 했다. 불편함이 컸지만 사람은 환경에 적응하기 마련이었다. 세대주가 된 오중식은 여느 가장과 마찬가지로 가족들을 위한 보금자리로 아파트를 갖길 원했다.

1986년은 서울에서 아시안 게임이 있던 해였고, 우리나라 경제는 급속도로 성장했다. 전국에 돈이 넘쳐났다. 이촌 향도, 즉 촌을 떠나 도시로 향하는 인구가 급증했고 인구 증가에 비해 서울 집의 공급이 따라주지 못했다. 강남 아파트를 비롯해서 서울 집값은 하루가 다르게 오르고 있었다.

1988년 올림픽이 열리던 해, 오중식은 한국주택은행에서 5월 1일부터 실시하던 내 집 마련 주택부금에 가입했다. 내 집 마련을 위한 준비 자금을 매달 저축하면 거래 기간 저축 실적에 따라 주택 자금을 대출받을 수 있으며, 저축한 준비 자금을 찾아 내 집 마련에 보탤 수 있는 새로운 주택부금 제도였다. 계약 기간은 3년으로 하고 매달 3만 원을 저축했다.

늦은 여름, 아내 김민숙의 배 속에 영선이 생겼다. 김민숙의 배가 불러올수록 오중식은 밥을 먹지 않아도 든든했다. 매일매일이 행복한 날들이면서 또 매일매일이 불안한 날들이기도 했다. 오중식은 열심히 일하고 악착같이 돈을 모아서 집을 장만해야 한다는 생각뿐이었다.

다음 해인 1989년 4월 1기 신도시와 지방에 아파트 200만 호를 1992년까지 짓겠다는 정책이 뉴스로 나왔다. 오중식과 김민숙은 아파트를 가질 수 있을 것이라는 꿈에 부풀어 올랐다.

그해 6월, 영선이 태어났다. 영선은 밤마다 울었으며 집주인은 오중식네 가족에게 은근히 눈치를 주었다. 오중식도 그들의 시선을 모르는 바가 아니었다. 이 집에서 쫓겨날까 봐 전전긍긍할 수밖에 없었다. 가장으로서 오중식의 책임감은 날로 무거워졌고 낮에도 밤에도 일을 했다. 하지만 그의 근로 수당만으로 천정부지로 오르는 물가와 집값을 따라잡을 수는 없었다.

오중식은 집주인이 새벽에 보고 내놓은 신문을 챙겨 출근하곤 했다. 사람이 많은 버스에 낀 채로 신문 기사의 헤드라인을 눈으로 훑었다.

'치솟은 집값, 내 집 꿈은 분노로. 무주택자 60퍼센트 끝내 가망이 없다.'
'강남 아파트값 멋대로 뛰게 하라.'
'전세값 못 따라가 아예 포기해 버렸어요.'[*]

오중식은 '치솟은 집값, 내 집 꿈은 분노로. 무주택자 60퍼센트 끝내 가망이 없다'는 기사의 내용을 살폈다. 기사를 읽어 내려갈수록 오중식의 답답한 마음은 좀처럼 풀리지 않았다.

그즈음 1기 신도시인 일산과 분당의 아파트 분양가가 책정됐다. 평당 180만 원 선이었다. 오중식의 월급으로는 감당할 수 없는 금액이었다. 오중식과 김민숙은 아파트 분양을 포기할 수밖에 없었다.

---

[*] 한겨레신문, 1989년 6월 18일자 기사 참조

1991년, 둘째 딸 영우가 태어났다. 오중식 가족은 더 이상 비좁은 단칸방에서 살 수 없었다. 집주인은 집에 노부모가 계신 것을 핑계로 방을 빼달라고 노골적으로 요구했다.

1992년 가을, 오중식은 그동안 모은 돈과 주택부금으로 저축했던 돈을 찾고, 은행 대출받은 것을 합쳐 서울 외곽, 구리시에 방 두 개짜리 빌라 전세를 얻었다. 이사 온 지 두 달 뒤, 오중식이 살던 빌라에 수도가 얼고 하수도가 막히면서 물이 역류하기 시작했다. 사람을 불러 고쳐야 하는 상황이었다. 그는 빌라 입구에 붙어 있는 '하수도 고침'이라는 스티커를 발견했고 급한 대로 그곳에 있는 번호로 전화를 걸었다.

그는 한달음에 달려왔다. 각종 장비를 꺼내놓더니 전화 한 통을 쓸 수 있느냐고 물었다. 어딘가로 전화를 걸어 누군가에게 왜 오지 않느냐며 언성을 높였다. 오기로 했던 사람에게 갑자기 사정이 생긴 것이다. 잠시 뒤, 남자는 인력 사무소에 전화를 걸어 인부를 구했지만 사람이 없는 상황이라며 혼자 하기는 무리니, 도와줄 수 있느냐고 물었다.

할 수 없이 오중식은 그와 함께 작업을 해나갔다. 남자는 일하는 도중, 오중식에게 일을 잘한다며 칭찬을 아끼지 않았다. 일을 마친 남자는 2만 5천 원을 요구했다.

원래는 5만 원을 받아야 하지만 오중식이 도왔기 때문에 반만 달라는 것이었다. 마침, 김민숙이 믹스커피를 두 잔 가지고 나왔다.

둘은 자연스럽게 이야기를 주고받았다. 오중식은 이 일을 하면 한 달에 얼마를 벌 수 있는지 물었다. 남자는 일하기 나름이라며 넌지시 말을 흘렸다. 생각보다 수입이 좋았다. 그 사실에 오중식은 남자에게 자기도 일을 배울 수 있겠느냐고 물었고 남자는 불편한 표정을 감추지 못했다. 오중식은 그에게 사정했고 남자의 무관심에도 무작정 찾아가 일을 도왔다. 결국 그는 오중식의 간절한 마음에 일을 가르쳐줄 수밖에 없었다.

오중식은 공장을 그만두고 남자를 쫓아다니며 수도 하수관 일을 배웠다. 막힌 하수도를 뚫고 겨울이면 터진 수도관을 고쳤다. 여름에는 더위로 겨울에는 추위로 힘들었지만 수도가 많이 얼수록 수입은 늘어났다. 무엇보다 이 일의 장점은 현금을 받을 수 있다는 점이었다.

일 년 뒤, 오중식은 독립했고 사업자 등록증을 냈다. 오중식은 열심히 일했다. 몸을 쓰는 일이라, 날마다 몸에서 파스 냄새가 났지만 통장에 쌓여가는 현금만 생각하면 통증은 순식간에 사라졌다. 김민숙은 어린 영선과 영우를 데리고 집집을 다니며 '두영하수도'라는 상호명과 전화번호가 적힌 스티커를 붙이고 다녔다. 대문에는 늘, 경쟁 업체의 스티커가 붙어 있었다. 김민숙은 꼭 그 위에 스티커를 붙였다. 며칠 뒤 다시 가보면 경쟁 업체의 스티커가 붙어 있었고 김민숙은 그 위에 또 붙이는 일을 반복했다. 구리에서 시작된 스티커 작업은 남양주 일대로 뻗어나갔다.

오중식을 찾는 사람들이 많아졌다. 꼼꼼한 솜씨와 친절함이 입소문을 탄 것이다. 그는 성실히 노동하며 돈을 모았다.

1997년 외환 위기가 찾아왔다. 하루아침에 대기업이 부도나고 실업자들이 생겨났다. 비정규직이 늘어나기 시작했다.

오중식의 일 역시 줄어들긴 했지만 직장을 잃는 최악의 상황은 모면할 수 있었다. 그렇게 차곡차곡 돈을 모아 1999년도에 오중식은 복도식 아파트 8층으로 이사했다. 비록 전세였고 융자도 끼어 있었지만 첫 아파트 입주였다.

2001년 김민숙은 K은행을 찾아가 김민숙 명의의 청약 예금 통장을 만들어 300만 원을 일시불로 넣어두었다. 남편 오중식 몰래 모은 종잣돈이었다.

이후 안정적이던 집값이 다시 오르기 시작했다. 오중식과 김민숙은 매일 뉴스에서 나오는 집값에 대한 기사에 귀를 기울여야만 했다. 초조해하는 김민숙에게 오중식은 성실하게 일하고 아끼고 노력하면 언젠가는 우리 집도 생기고 좋은 날이 있을 것이라 말하며 위로했다.

김민숙은 오중식에게 청약 통장을 보여주며 아파트를 분양받자고 했다. 김민숙은 성남시의 판교 신도시를 원했다. 1기 신도시 중에서 입지가 가장 좋았던 곳은 분당 신도시였다. 실제로 강남에 살고 있던 사람들이 분당으로 옮겨 갔다. 일자리가 많은 강남과 가깝기 때문이었다. 김민숙은 판교 신도시가 분당 신도시처럼 될 수 있을 것이라고 생각했다. 오중식 역시 김민숙의 뜻을 따르기로 결심했다.

2006년 4월, 김민숙은 경기도 성남시 판교 신도시의 봇들 1단지 판교 신미주에 청약을 넣었다가 떨어졌다. 682 대 1이라는, 그 당시 수도권 최고 청약 경쟁률이었다.

얼마 뒤, 오중식의 고향 선배라는 사람이 찾아왔다. 오중식은 일찍 부모님을 여의었는데, 이웃에 살던 선배의 부모가 오중식이 서울에 올라오기 전까지 살뜰히 챙겨주었었다.

둘은 소주잔을 기울이며 밤새 이야기를 주고받았다. 고향 선배는 오중식에게 덤프트럭 사업 이야기를 꺼냈다. 노력하면 한 달에 수백에서 1천만 원도 벌 수 있다고. 다만 그 사업을 하려면 대출이 불가피했고 보증 설 사람도 필요했다. 선배는 오중식에게 함께 사업을 하자고 권했다. 오중식은 한 달에 1천만 원이라는 큰돈에 구미가 당겼다. 그 정도의 돈을 번다면 집을 살 수 있을 것이라 생각했다.

오중식은 김민숙과 오영선과 오영우를 트럭에 태웠다. 영선은 버스 맨 뒷좌석보다도 높은 트럭 의자에 앉았을 때 아찔함과 불안함을 느꼈다. 그 감정에서 벗어난 것은 운전석과 보조석 뒤의 공간을 발견하고서다. 한 사람이 누울 수 있을 만한 크기였고 구석에는 가스버너와 냄비, 일회용 플라스틱 숟가락과 나무젓가락 등이 쌓여 있었다. 차에 이런 공간이 있다는 것이 어린 영선에게는 신기하기만 했다. 오중식은 지방을 오고 가는 고속도로에서 시간을 보내는 날들이 많았고 집에 오는 날은 점점 드물어졌다.

그러다 2008년, 글로벌 금융 사태가 터졌다. 미국발 금융 위기의 후폭풍이 국내 실물 경제로 번질 조짐이 보이기 시작했다. 특히 은행들이 미국에서 잇따라 불거진 대형 금융 사고에 놀라, 신용위험 관리를 강화하면서 중견·중소 기업들이 자금 조달에 큰 어려움을 겪었다. 이런 자금난이 머잖아 생산·투자 차질로 이어질 것으로 우려된다는 기사가 쏟아져 나왔다. 부동산과 주식 등 자산 가격의 큰 폭 하락도 경기에 부정적인 영향을 미쳤다. 물가 급등으로 가계의 살림살이가 빠듯해진 가운데

주가가 큰 폭으로 떨어지고, 집값도 하락세를 보이고 있어 소비 회복을 기대하기는 더욱 어려워지던 시기였다.[*]

대출 금리 압박으로 선배의 사업에도 타격이 오기 시작했다. 그 여파가 오중식에게까지 미쳤다.

고향 선배는 말없이 사라졌고 보증을 선 오중식이 선배의 대출금을 고스란히 떠안아야 했다. 오중식은 두려웠다. 대한민국은 실패한 사람에게 너그럽지 않았다. 아무리 열심히 노력해도 실패하면 패배자일 뿐이었다.

오중식은 선배를 찾기 위해 전국으로 트럭을 몰고 다녔다. 틈틈이 일도 해야 했다. 오중식이 할 수 있는 최선은 잠을 쪼개가며 운전대를 잡는 것이었다. 과로와 스트레스는 오중식의 몸을 잠식했다. 결국, 김민숙에게 '떠나면 안 된다'고 '항상 곁에 머물겠다고' 열창하던 오중식은 느닷없이 덮친 협심증으로 세상을 떠나고 말았다.

영선과 영우는 편의점 의자에 나란히 앉아 있었다. 여러 집을 보러 다니느라 점심을 챙겨 먹지 못해 급한 불을

* 한겨레신문, 2008년 9월 17일자 기사 참조

끄는 심정으로 컵라면과 삼각 김밥, 단무지를 놓고 라면이 붇기를 기다렸다. 3분 뒤 영선과 영우는 컵라면 뚜껑을 열고 라면을 먹기 시작했다. 전셋집 찾기 마무리가 안 되어 찜찜한데도 배는 고팠고 면발을 목구멍으로 욱여넣자 이내 배 속이 더부룩해졌다.

"사이다 먹을래?"

영선이 영우에게 물었다.

"난 괜찮아."

영선은 냉장고에서 사이다를 꺼내 계산한 뒤 가져와 앉았다. 사이다를 홀짝홀짝 마시며 보고 왔던 집들을 하나하나 복기했다.

첫 번째 집은 지금 사는 집에서 백여 미터 떨어진 다세대 주택이었다. 방이 두 개였고 거실도 좁지 않았지만 지금 집은 3층인데 그 집은 1층이었고 30년 된 집이라 지금 집보다는 낡은 느낌이었다.

두 번째 집은 그 집보다 이백 미터 더 올라가야 했고 방이 두 개였으며 거실도 좀 더 넓었다.

세 번째 집은 두 번째 집보다 삼백 미터 더 떨어져 있었다. 지은 지 5년 된 나름 신축 빌라였다. 방 두 개에 필로티가 있는 2층이었고 전세 보증금도 지금 집보다 1천만 원이 쌌다.

네 번째 집은 큰길에 있는 신축 빌라였다. 부동산 중

개인은 영선과 영우에게 그 집을 적극 추천했다. 방 두 개와 부엌, 거실은 조금 좁았지만 테라스가 있었다. 테라스 너머 곡선으로 이어진 산 능선의 뷰가 괜찮았다. 테라스에 전구를 매달아 감성적으로 꾸민 뒤, 테이블을 놓고 의자에 앉아 커피를 마시거나 가끔 친구들을 불러 바비큐 파티 같은 것을 해도 좋을 듯한 공간이었다. 작은 텃밭이나 화단을 만들 수 있다면 금상첨화일 것이다.

중개인은 이런 집은 전세보다 매매하는 것도 나쁘지 않다고 말하며 매매가는 2억이라고 했다. 집값의 90퍼센트가 대출로 나오니 8천만 원 대출받는 것은 어렵지 않다고. 영선과 영우가 직장을 다니니, 부담 없이 새집에서 살 수 있는 기회라는 말을 늘어놓았다. 영선과 영우도 그 집이 가장 마음에 들었다. 모든 것이 새것이었고 구조도 아파트와 흡사했다.

매매든 전세든 어쨌든 지금보다 더 나은 곳으로 가기 위해서는 모아놓은 돈을 쓰거나 대출을 받아야 하는데, 그 부분에서 영선은 주춤거렸다. 영선은 빚을 지고 싶지 않았다. 지금은 감정보다 이성으로 판단해야 한다고 생각했다. 그런 의미에서 세 번째 집이 현재 형편에 가장 맞는 집인 듯했다. 영선은 혼잡한 동네보다 조용한 곳을 좋아했다. 교통이 편한 곳은 시끄럽고 빛 공해도 심할 뿐 아니라 공기도 좋지 않았다.

"난 세 번째 집이 가장 마음에 드는데. 넌 어땠니?"

영우는 천천히 고개를 주억거릴 뿐 표정이 시원찮았다.

"오늘 본 곳 중에서 결정할까? 몇 군데 더 볼까?"

영선이 재차 물었다.

"다른 데 봐도 크게 다르지 않을 것 같아. 이 동네를 떠나지 않을 거면."

영선은 영우의 말에 일리가 있다고 생각하며 고개를 들었다. 영선의 시선은 멀리 아파트 너머 하늘에 닿았다.

"세 번째 집이 제일 좋지 않아? 교통편이 좀 그렇지만 뒤에 산도 있고 뷰도 좋고. 집도 깨끗하고."

"난 최대한 지하철역이랑 가까운 데가 좋을 것 같은데. 마을버스 타고 지금보다 더, 더, 더 들어가야 하잖아. 거기서 출근하려면 아침에 30분은 더 일찍 일어나야 하는데."

영우는 면발이 반이나 남아 있는 컵라면을 나무젓가락으로 휘휘 젓다가 내려놓고는 영선 쪽으로 고개를 돌렸다.

"언니, 우리 이 동네에서 꼭 살지 않아도 되잖아."

"무슨 말이야?"

"중개인 말대로 큰길 쪽으로 더 나가면 어떨까? 아니면 언니나 나나 회사가 선릉역이랑 가까우니까 지하철 2호선 역세권에 있는 빌라는 어때?"

"거긴 전세도 비쌀 텐데. 대출받아야 하잖아."

"대출 좀 받으면 어때? 전세 대출 이자는 비싸지 않을 걸?"

"빚이야."

영선은 단번에 잘라 말했다. 마음을 환기하려는 듯 숨을 몰아쉰 뒤 말을 이어나갔다.

"난 이 동네를 벗어나고 싶지 않아. 걸을 때마다 엄마랑 지냈던 일들이 떠올라. 그 집에서는 살 수 없더라도 이 동네에 있고 싶어."

"내 생각은 안 해? 나 정말 힘들단 말이야."

영선은 알고 있었다. 영우가 회사와 가까운 오피스텔에서 살려고 했던 것을. 엄마가 돌아가시지 않았다면 영우는 지금쯤 오피스텔을 알아보러 다니느라 분주했을 것이다. 영우 정도의 경제력이면 혼자서 감당할 수 있었다. 하지만 지금은 사정이 다르다. 현재 영선은 영우에게 맞춰줄 물질적인 힘이 없었다.

무엇보다 대출에 대한 두려움이 컸다. 아빠가 돌아가신 것도 엄마에게 찾아온 암도, 그 병을 눈치챌 수 없었던 것도 모두 대출금, 빚 때문이라고 생각했다. 영선과 영우 사이에 무거운 침묵이 쌓여갔고 편의점에 드나드는 사람들의 소음이 스치듯 지났다.

"먼저 갈게."

영우는 가방을 주섬주섬 들고 일어나 편의점 밖으로

나가버렸다. 영선은 풍경 소리가 유난스럽게 거슬린다고 생각하며 창밖으로 멀어지는 영우의 뒷모습을 무감한 눈으로 바라보았다.

⑧

영선은 분류를 마친 서류를 김 과장에게 전해주었다. 김 과장은 영선의 얼굴을 힐끔 올려다보았다.

"영선 씨는 웃으면 훨씬 더 예쁠 텐데. 그 얼굴 보는 나도 기분이 더 좋을 것 같고."

영선은 무심한 눈으로 과장의 얼굴을 내려다보았다. 내가 당신 기분 좋으라고 여기 있는 사람은 아니지 않나요?라는 말을 마음속으로 뱉어내며. 변화 없는 표정으로 짧게 묵례를 하고 자리로 돌아와 앉았다.

김 과장은 긴 숨을 푹 내쉬더니, 서류를 확인했다. 그 한숨 소리에 사무실에 긴장감이 돌았다. 영선은 건조한 공기 흐름은 자기와는 무관하다는 듯이 엑셀 파일을 열고 숫자를 입력했다. 잠시 뒤 점심시간이라고, 다들 식사하러 나가자는 김 과장 목소리가 들렸다. 사람들은 하던 일을 중단하고 겉옷을 걸쳐 입었다. 두셋씩 짝을 지은 뒤 자기들끼리 소곤거리며 사무실을 빠져나갔다.

영선은 꼼짝하지 않았다. 빈 사무실을 확인하고서야 자리에서 일어나 건물 1층에 있는 편의점으로 내려왔다. 김밥과 어묵 국물을 사서 계산하고 구석 자리에 앉아 혼자만의 식사를 시작했다. 조미료 맛을 습관적으로 씹고 넘겨 서둘러 식사를 마치고는 사무실로 올라왔다. 차를 마시며 공부하기 위해 책을 들고 탕비실 안으로 들어왔다. 눈에 익은 뒷모습이 의자에 앉아 창밖을 내다보고 있었다. 주 대리였다.

주 대리는 줄지어 달려나가는 도로 위의 차들에서 시선을 거두지 않았다. 영선은 주 대리와 거리를 두고 서서 캐모마일 차를 꺼냈다. 종이 바스락거리는 소리에 주 대리가 몸을 돌렸다.

"영선 씨, 식사했어요?"

영선도 주 대리를 향해 고개를 들었다.

"네."

주 대리는 주머니에서 초콜릿을 꺼내 영선 앞으로 내밀었다.

"당 충전해요."

영선은 초콜릿을 받아 주머니 속에 넣으며 잘 먹겠다고 말했다.

"난 여기서 샌드위치 먹었어요. 입덧 가라앉는 약도 먹고."

"네."

주 대리는 탕비실을 나가려는 듯 문손잡이를 잡더니 영선을 돌아보았다.

"영선 씨?"

"네?"

영선은 고개를 돌렸다. 주 대리의 눈빛에서 기대감이 느껴졌다.

"저기, 모델하우스 보이죠?"

영선은 창문 너머 주 대리의 손끝이 닿은 곳으로 눈길을 돌렸다.

"지금 가보려는데 같이 갈래요?"

모델하우스. 영선도 알고는 있었다. 새 아파트의 모형을 지어놓고 구경하는 집처럼 만든 곳이라는 걸.

"……."

"영선 씨도 관심 있는 줄 알았는데."

주 대리의 말을 이해할 수 없었다.

"왜, 그렇게 생각하세요?"

"저번에 공원에서 만났을 때, 손에 청약 통장 쥐고 있었잖아요."

그날의 상황이 떠올랐다. 주 대리가 통장을 유심히 보는 것 같아서 주머니에 집어넣었던 장면이. 청약으로 아파트를 분양받을 수 있는 가능성이 희박하다는 것을 알았기에 모델하우스 같은 곳엔 갈 필요가 없다고 생각한 그 순간, 아파트에서 열창하던 아빠의 모습과 아파트가 살기 편하다는 부동산 중개인의 말이 떠올랐다. 요새짓는 신축 아파트는 어떻게 생겼을까. 영선은 주 대리의 제안을 받아들였다.

주 대리가 손을 흔들자 택시가 멈춰 섰다. 영선과 주 대리는 뒷좌석에 나란히 앉았다. 주 대리는 사거리에 있는 모델하우스 앞에서 세워달라고 말했다.

"금방 도착할 거예요."

"네."

호기심에 함께 가자 했지만 막상 주 대리와 나란히 앉아 있으니 부담스러워지기 시작했다. 이 회사에서 사람과 가까워질 일은 없을 것이라 여겼고 그런 일을 만들고 싶지도 않았다. 그런데 주 대리라니. 어쩌면 혼자인 게 싫어서 다가온 것은 아닌지. 사람들이 오늘 일을 알게 된다면 주 대리와 자신을 묶어서 뒷담화를 하겠지. 영선은 이후로 주 대리와 거리를 둬야겠다고 다짐하며 창문 너머, 빽빽하게 올라선 건물로 눈길을 돌렸다.

택시가 모델하우스 입구에서 멈추자 주 대리는 택시비를 계산했다.

"갈 때는 제가 할게요."

영선은 서둘러 말을 건넸다.

"그렇게 해요."

영선과 주 대리는 택시에서 내려 계단을 올랐다.

모델하우스 안으로 들어오자 생각보다 많은 사람들이 곳곳에 모여 있었다. 상담을 하는 사람들과 상담을 받는 사람. 안내를 하는 사람들과 안내를 받는 사람. 중앙에는 아파트 단지 모형이 놓여 있었다. 주 대리는 사람들 사이를 비집고 들어가 모형 앞에 섰다. 영선도 그 뒤를 따랐다. 곧 주 대리의 말이 이어졌다.

"아파트의 전체적인 구조는 방, 거실, 방, 방. 이렇게 일자로 이루어져 있죠. 발코니도 마찬가지고요. 거실과 부엌, 방과 방 사이가 일자로 연결이 되어 있으면 맞통풍이 되어서 환기가 잘 돼요. 주차장은 지하에 있어서 단지가 공원 같죠?"

영선은 단지 모형을 내려다보았다. 주 대리 말대로 작은 연못과 조경, 놀이터 등으로 조성되어 있었다.

주 대리는 설레는 눈빛으로 곳곳을 살펴보았다. 영선은 아파트보다 그녀에게 관심이 쏠렸다. 주 대리에게서 사무실에서 느낄 수 없었던 분위기가 풍겨 나왔기 때문이다. 자신감 내지는 당당함이 느껴진다고나 할까.

"진짜 이런 아파트에서 살고 싶어요."

영선도 단지를 훑어보았다. 물질적 욕망을 내려놓았

다 해도 좋은 것은 알아볼 수 있었다. 하지만 현실성이 없는 것들은 오히려 어떤 감흥도 불러일으키지 않는 법. 영선은 무심한 말투로 좋네요,라고 말했다.

"위층으로 올라갈까요?"

주 대리는 계단으로 향했고 영선은 주 대리를 따르며 슬쩍 시간을 확인했다. 12시 30분. 조금만 더 버티면 이 상황도 끝이 날 것이다.

2층에는 전용면적 59제곱미터 형의 아파트 내부가 구성되어 있었고 3층에는 74제곱미터와 84제곱미터 형의 모델이 있었다. 주 대리는 2층을 지나쳐 바로 3층으로 올라갔다. 그녀는 84제곱미터 형 모델 안으로 들어갔다.

현관문을 열고 들어가자 신발장과 거울, 중문이 나타났다. 거실로 들어섰다. 왼쪽에 욕실이 있고 앞에는 방 두 개가 나란히 붙어 있었다. 그 두 방은 아이들의 물건으로 꾸며져 있었다. 벽에는 팬트리라는 창고형 공간이 숨어 있었다. 몇 걸음 옮기자 널찍한 거실과 마주 보고 있는 부엌이 나타났다. 벽에는 아트월이라는 공간이 있었는데 조명이 은은하게 내리비추어 세련되고 아늑한 느낌이 들었다. 부엌에는 빌트인 냉장고와 김치냉장고, 식기세척기 등이 갖춰져 있었다.

영선은 이곳의 모든 것이 무덤덤했다. 흥미를 불러일

으킨 건 오히려 주 대리의 얼굴과 반응이었다. 그녀는 두 손을 꼭 모으고 설레는 눈빛으로 곳곳을 살펴보았다. 주 대리는 안방으로 들어갔다. 방 옆에는 부부만의 욕실과 베타룸이라는 공간이 있었다. 베타룸은 서재처럼 꾸며져 있었다. 유일하게 영선의 마음을 사로잡은 곳은 아담한 이 공간이었다. 영선은 월넛 빛깔의 클래식한 원목 책상과 의자를 한참 동안 내려다보았다.

"84제곱미터가 보통 몇 평대 아파튼지 알아요?"

주 대리는 영선에게 말을 붙였다.

"글쎄요."

"그 정도는 상식으로 알고 있어야죠. 33에서 35평 정도 돼요. 영선 씨는 아파트에 대해 잘 모르네요. 주택에 살아요? 부모님이랑?"

"아뇨. 빌라에서 살아요. 부모님은 안 계시고요. 여동생이랑 둘이서 지내고 있어요."

"아, 그래요?"

주 대리는 당황했지만 영선은 이 상황을 태연한 척 넘겼다.

"난 과천에 살고 있어요. 거기로 이사 간 지 2개월이 지났죠. 당해 기간 채우고 과천에서 분양하는 아파트에 청약할 거예요. 서울 아파트를 분양받고 싶지만 청약 대기 인구가 많아서 될 수 있는 확률도 낮고 분양가도 비싸고요. 그래서 일부러 과천으로 이사 왔어요. 강남이랑 붙어 있어서 경기도지만 서울이나 마찬가지니까요. 입지는 최고죠. 신혼부부 특공으로 분양받을 거예요. 과천은 당해 신혼부부가 서울보다는 적거든요. 사실 둘째는 고민이 많았어요. 그런데 점수를 높이려고 가졌죠."

영선은 술술 풀려 나오는 그녀의 이야기에 귀를 기울였다. 그중 이해되지 않는 부분은 아파트 때문에 아이를 갖는다는 점이었다. 아이 한 명을 키우는 돈과 노력과 수고가 아파트를 갖는 정도만큼 되는 것일까. 영선이 주 대리의 입장이라면 아파트에 살지 못해도 아이를 선택하지는 않을 것 같았다.

"영선 씨도 청약 통장 있으니 미리 공부하고 지역마다 분양하는 물량 체크해서 입지 좋은 아파트를 분양받아요."

"아뇨. 전 됐어요."

영선은 고개를 가로저었다.

"신축 아파트를 살 수 있는 기회를 왜 버려요? 당장은 못 하더라도 시간이 지나면 영선 씨도 할 수 있는 조건이 되잖아요."

"아파트 비싸잖아요. 제 형편에는 과분해요."

"분양가가 비싸도 시세보다는 싸죠. 시간이 지날수록 더 그럴 테고요."

영선은 주 대리의 훈수가 길어지자 차라리 청약을 하겠다고 말할 걸 하고 후회했다.

"영선 씨 공무원 시험 준비하고 있죠?"

영선은 깜짝 놀랐다.

"어떻게 알았어요?"

"그게, 점심시간에 사무실에서 수험서 보고 있는 걸 누가 본 것 같아요."

사람들이 알고 있다고 생각하자 마음이 불편했다.

"공부만으로도 시간이 부족할 텐데 일을 왜 하는지 궁금했어요. 아, 이건 내 개인적인 궁금증이에요."

영선은 입을 다물었다. 주 대리에게 일일이 답할 필요가 없다고 생각했다.

"몇 급 준비해요?"

영선이 대답하지 않았는데도 주 대리는 다음 질문을 이어갔다. 영선은 얕은 숨을 내쉬며 9급이라고 말했다.

"돈 벌면서 공부하는 거 어려운 일인데, 대단하네요."

영선은 주 대리의 눈을 뚫어져라 보았다.

"놀리는 거 아니에요. 진심이에요."

영선은 침묵했다. 주 대리는 뻘쭘했는지 안방과 붙어 있는 부부 욕실 쪽으로 눈을 돌렸다. 그 안을 둘러본 뒤 1층으로 내려와 상담사들이 앉아 있는 곳으로 자리를 옮겼다. 영선은 어쩔 수 없이 그녀 뒤를 따랐다. 주 대리는 의자에 앉아 가방에서 갈색 가죽 커버 다이어리를 꺼냈다.

"무엇이 궁금하세요?"

상담사는 친절한 태도로 주 대리에게 물었다.

"분위기가 어때요? 분양가가 높은데…… 사람들 관심 많죠?"

"네. 서울이니까요."

"미분양이 나올 일은 없겠죠?"

"아마도요."

"명함 한 장 주시겠어요?"

상담사는 영선의 얼굴을 보더니, 명함과 브로슈어 2부를 챙겨주었다. 주 대리는 그것들을 가방에 넣었다.

"그럼 수고하세요."

주 대리는 입구 쪽으로 나와서야 가방에서 브로슈어 한 부를 꺼내 영선에게 주었다.

"읽어봐요. 이런 거 봐둬야 자극이 되는 거예요. 지금은 아니라고 해도 사람 일은 모르는 거잖아요. 취업도 중요하지만 자본주의 사회에서 내 집 장만은 필수예요."

아파트가 좋다는 것은 알고 있었다. 하지만 최근 아파트값은 20년 동안 월급을 쓰지 않고 모아야 겨우 살 수 있는 수준이었다. 오르는 집값을 감당하는 건 이미, 어렵다. 영선은 IMF 직격탄을 맞은 70년대생들의 이야기를 들어왔고 상시 구조조정의 가능성을 가져온 2008년 세계 금융위기에 힘들었던 80년대생들의 모습을 보았다. 모든 사람들은 안정된 생활을 원한다. 영선 역시 힘들게 살아왔기에 편안하고 인간다운 삶이 간절했다. 하지만 간절함만으로 모든 일이 해결되지는 않는다.

주 대리는 브로슈어를 펼쳐 아파트 단지 사진을 내려다보며 말문을 열었다.

"신축 아파트는 현재를 살아가는 사람들이 중요하다고 생각하는 것들을 반영해요. 이 아파트도 주차장을 모두 지하에 두고 단지는 공원처럼 조성했잖아요. 커뮤니티 시설도 잘되어 있죠. 단지 안에서 공부도 운동도 사우나도 산책도 해결할 수 있잖아요."

"아파트에 대해 진짜 많이 알고 있네요."

"당연하죠. 아파트는 거주 목적도 있지만 투자 상품이기도 하니까요. 아파트를 사는 건 시간을 사는 것과 같다고요."

영선은 집이라는 공간을 상품이라 칭하는 주 대리의 말이 불편했다. 집은 거주 이상의 삶이 쌓이는 곳이라 생각했기 때문이다. 쉽게 사고팔 수 없는 무엇인가가 내재되어 있는 곳이라고. 그래서 지금 살고 있는 집을 떠나야 한다는 게, 엄마의 모든 것이 남아 있는 집에서 밀려나가야 하는 일이 힘겨웠다.

"전 화장실 좀."

"그래요. 밖에서 기다리고 있을게요."

화장실 안으로 들어와 손을 씻었다. 왜인지는 모르지만 손이라도 씻어내야 할 것만 같았다. 비누를 묻히고 거품을 내는 동안에도 주 대리의 말들이 지워지지 않았다. 무례하다고 느꼈다. 지금 살고 있는 집에서의 시간과 그 모든 것을 무시받는 듯했다. 물론 영선에게도 자기만의 공간을 갖고 싶다는 꿈이 있었다. 베란다와 테라스가 있고 잠을 잘 수 있는 방과 무언가로 채울 수 있는 또 하나의 방. 누구에게도 방해받지 않는 조용하고 아늑한 공간. 아파트가 아니어도 상관없었다.

영선은 주 대리에게 가졌던 측은한 감정들마저 수챗구멍 속으로 빨려 내려가버리길 바라며 거품 묻은 손을 물로 씻어냈다.

화장실에서 나오는 영선을 주 대리가 발견하고는 손을 흔들었다. 둘은 택시를 잡았다. 돌아오는 길, 주 대리는 조용했다. 영선이 택시비를 냈다.

사무실로 돌아온 영선은 자리에 앉자마자 영수증 처리를 시작했다. 정리를 다 한 뒤 고개를 들자 책상 위에 올려놓은 아파트 브로슈어가 눈에 들어왔다. 브로슈어를 들고 바람을 일으키며 장을 넘겼다. 오래전, 엄마 방에서 이런 브로슈어를 보았던 기억을 떠올리며.

영선은 선릉역에서 지하철 2호선을 타고 중간에 환승한 뒤, D역에서 내렸다. 역 앞에 있는 정류장에서 마을버스를 타고 다섯 정거장을 가야 집에 이를 수 있었다. 마을버스를 타는 경우는 출근할 때뿐이고 집으로 돌아올 때는 일부러 음악을 들으며 걸었다.

한겨울, 저녁 7시 30분은 깊은 어둠이 스며들기에 충분했지만 골목 상가에서 번져 나오는 빛 때문에 거리는 심심하지 않았다. 마침 목이 마른 영선은 편의점으로 눈길을 돌렸다.

편의점 안으로 들어가 냉장고 앞을 서성였다. 눈에 익은 캔 맥주를 꺼내 계산을 한 뒤 안쪽에 있는 플라스틱 의자에 앉았다. 창밖을 바라보며 캔 꼭지를 당기고 한 모금 마셨다. 쌉쌀한 보리 향과 탄산이 목을 긁어내며 식도를 지났다.

영선은 옆에 놓여 있는 빈 의자를 내려다보았다. 수능 시험 날이 떠올랐다. 시험을 끝내고 교문 밖으로 나왔을 때, 휴대폰 벨이 울렸다. 발신자는 엄마였다. 주변의 웅성거리는 목소리를 배경으로 교문 앞에 와 있다는 엄마 목소리가 들려왔다.

영선은 엄마와 거리를 두고 걸었다. 엄마는 이 편의

점 앞에서 걸음을 멈추더니 영선 쪽으로 몸을 돌렸다.

"맥주 한잔할래?"

승낙도 거부도 하지 못하고 서 있었다.

"가끔 마시는 거 다 알아. 오늘은 수능도 끝난 날이잖니."

엄마와 함께 편의점 안으로 들어갔다. 평소에 마시던 맥주를 두 개 집었다. 감자칩과 함께 계산한 뒤, 엄마와 나란히 앉아서 맥주를 마셨다. 영선이 그날의 맥주 맛을 잊을 수 없었던 건, 고3 시절이 청산되었기 때문만은 아니었다.

그해는 가족들 모두에게 가장 힘든 시기였고 그날의 예고 없는 기다림은 그 시기를 잘 버티어준 영선을 위해 해줄 수 있는 엄마의 최선의 선택임을 영선도 알고 있었다. 하지만 영선도 엄마도 그 시간들에 대해서는 함구했다.

영선은 중학교 2학년 때로 기억을 헤집어 들어갔다. 4월 중순이었다. 아파트 단지 안에는 벚나무 꽃잎이 해사하게 피었고 바람이 불면 간간이 꽃잎이 날렸다.

엄마는 동네에 있는 백반집에서 일을 하고 있었고 아빠는 트럭 운전으로 집을 비우는 날이 많았다. 영우는 그때도 모든 게 자기가 우선인 아이였다. 집안일은 손도 대지 않았다. 그 일은 영선이 거의 도맡아 했다. 아무도 일을 시키지 않았지만 영선은 엄마가 식당에서 일을 마치고 밤늦게 돌아온 뒤 조금이라도 쉴 수 있기를 바랐다.

학교와 집을 오가던 길, 영선은 식당 유리창으로 분주하게 움직이는 엄마를 바라보곤 했다. 엄마 얼굴에서는 미소가 떠나지 않았다. 웃고 있는 엄마 얼굴을 보고 있으면 덩달아 안심이 되고 기분이 좋아졌다.

엄마는 쉬는 날이면 혼자 아파트 놀이터 벤치에 앉아 있었다. 영선은 때때로 엄마를 발견하고는 반가움에 달려가곤 했는데 엄마는 영선의 기척도 느끼지 못하고 어딘가를 하염없이 쳐다보고 있었다. 길 건너에 있는 아파트였다. 지은 지 얼마 되지 않은 신축 아파트. 영선은 이상하게 불안했다. 엄마의 눈빛 때문이었다. 아련한 눈망울이 저 아파트에 사는 누군가를 향한 그리움처럼 느껴졌다.

영선은 아파트를 바라보며 H를 생각했다. 전학 온 지얼마 안 된 H는 아이들의 모든 관계를 변화시켰다. H는 말하거나 움직이지 않아도 눈에 도드라졌으며 H의 모든 것은 아이들의 관심사가 되었다. 입고 다니는 옷, 신발, 머리에 꽂은 똑딱 핀마저도. 아이들의 세상은 H를 중심으로 움직였다. 아이들은 단체로 몰려다니며 이곳저곳을 쏘다녔다. 같이 먹고 구경하고 사고. 영선도 갖고 싶은 게 있었다. 유행에 뒤지지 않은 옷과 신발. 하지만 쉽사리 얻을 수 없다는 것을 알고 있었고 아이들에게 이런저런 핑계를 대고 무리에서 빠져나왔다. 어느 시기부터 아이들과 자연스럽게 멀어졌다.

어느 날, 영선이 교실 청소를 마치고 평소보다 늦게 집으로 돌아가는 길이었다. 신발주머니를 앞뒤로 흔들며 잰걸음으로 걷고 있었다. 돌아가 저녁을 준비해놓아야 했다. 갑자기 겨드랑이 틈으로 손이 불쑥 들어왔다. 좋은 향에 영선의 정신이 아득했다. 고개를 돌리자 H가 웃고 있었다. H는 자기 집에서 놀지 않겠느냐고 물었고 영선은 H의 제안을 거절하지 못했다.

영선이 살고 있는 아파트는 호수가 붙은 현관문이 길게 이어진 복도식이었다. 겨울에는 문틈으로 찬바람이 들어왔고 여름에는 현관문을 활짝 열어둔 집들 때문에 그 앞을 지나다니기 민망했다. H의 아파트는 계단식이었다. 엘리베이터를 타고 내리면 단 두 집밖에 없어서 남들의 시선을 의식하지 않아도 되는, 세상으로부터 보호받고 있는 듯한 공간이었다.

집 또한 잘 꾸며진 세트장 같았다. 모자람도 과함도 없는 인테리어, 영선네 아파트보다 넓고 환했다. 부모님이 안 계시는 빈집이었는데도 안정된 공기가 집 안을 채우고 있었다. H는 냉동실에서 피자를 꺼내 전자레인지에 데운 뒤 예쁜 접시를 꺼내 담았다. 피클과 샐러드를 곁들여 식탁에 그럴듯하게 차린 뒤 영선에게 마음껏 먹으라고 말했다. 영선은 H와 마주 앉아 그것들을 목구멍으로 넘겼다. 천천히 음미하며 먹는 H의 속도에 맞추느라 애를 먹었다. 머릿속에 집에 가서 해야 할 일들이 차곡차곡 쌓일수록 마음이 불편해졌다.

H는 영선의 속도 모르고 영선을 자기 방으로 데리고 들어갔다. 그 당시 아이들 사이에서는 도토리로 미니 홈피 꾸미기가 유행이었는데 H의 방은 프로방스풍의 하늘색 파스텔 벽지와 침대, 화장대와 작은 소파 등으로 꾸며져 있었다. 도토리를 많이 지불해야 가능한 미니 홈피처럼.

영선은 한쪽 벽을 가득 채운 시디를 보고 다시 한번 놀랐다. H는 원한다면 시디를 빌려 가도 좋다고 말했다. 영선은 줄 서 있는 시디를 바라보다가 김윤아 2집을 골랐다. H는 그 시디를 휴대용 시디플레이어에 꽂고 플레이 버튼을 눌렀다.

피아노 반주가 시작되는데 H가 정지 버튼을 누르더니 엠피쓰리로 듣자고 말했다. 영선과 H는 침대에 나란히 앉았다. H가 이어폰을 엠피쓰리에 장착하는 동안 영선은 손가락 크기만 한 작고 예쁜 기계에서 눈을 떼지 못했다. 둘은 이어폰을 한쪽씩 나누어 끼고는 〈봄이 오면〉을 들었다. 리듬감 있는 피아노 반주와 김윤아의 맑고 청아한 목소리가 귓속을 간질이며 흘러나왔다. 노래가 다 끝나고 영선은 해가 기우는 창밖을 바라보았다. 분명, 경쾌한 피아노 반주인데도 영선의 마음에 파고드는 것은 잔잔한 슬픔과 외로움이었다.

"이 시디는 원하면 가져도 돼."

H의 말에 영선은 주춤거리다 정말 가져도 되느냐고 물었다. H는 환하게 웃으며 고개를 끄덕였다.

영선은 시디를 품에 안고 밖으로 나왔다. 집으로 돌아오는 길, 아파트 단지 안에 줄 서 있는 벚꽃잎을 바라보며 〈봄이 오면〉을 흥얼거렸다. 노래 가사의 주인공이되어 '연둣빛 고운 숲속'을 찾아들었다. '마음엔 한껏 꽃피워' 사랑하는 누군가를 만들어낸 뒤 단둘이 꽃잎으로흐드러진 길을 걸었다. 그와 헤어지고 슬픔에 잠긴 채로한참을 머물다가 뒤늦게 시간을 확인하고는 집으로 달려갔다.

현관문을 열고 집 안으로 들어선 순간, 견딜 수 없는압박감과 마주해야 했다. 영우가 집 안을 엉망으로 해놓았기 때문이다. 시디와 가방을 던져놓고 부엌으로 들어가 설거지를 하고 어질러진 거실을 정리했다.

영선은 집에서 여유를 부릴 틈이 없었다. 씻고 먹고 자는 것을 서둘러야 했으며 물과 전기, 가스를 아껴야 했다. 밤이 되고 영우가 엄마 방에서 잔다며 들어가고 나서야 시디플레이어를 찾았다. 플레이어에 시디를 넣어 재생시키고 볼륨을 높였다. 선율은 방에 넘치도록 흘러 열어둔 창문 밖으로 새어나갔다. 창가에 기대선 채 H가 살고 있는 아파트를 바라보며 그곳에서 날리던 꽃잎의 환영을 떠올렸다.

영선은 열다섯 번째 생일에 아빠로부터 분홍색 엠피쓰리를 선물받았다. 영우도 열세 번째 생일에는 같은 디자인의 하얀색 엠피쓰리를 받았다. 〈봄이 오면〉을 가장 먼저 내려받아 저장했고 그 노래를 들을 때마다 H 방의 아늑함과 봄날의 풍경 속으로 빨려 들어갔다. 경쾌하지만 아련한 감정 속으로.

시간이 흘러 영선은 고등학생이 되었다. 열아홉 살 때였다. 트럭 운전을 하며 서울과 지방을 오가던 아빠는 한 달, 두 달이 지나도 집에 오지 않았다. 식당에서 일을 마치고 돌아온 엄마는 연거푸 한숨을 내쉬었다. 집안 분위기가 심상치 않음을 느꼈지만 영선은 일부러 아는 척하지 않았다.

얼마 뒤, 낯선 어른들이 집으로 몰려왔다. 그들은 아빠를 찾았고 엄마는 영선과 영우를 한 방에 몰아넣은 뒤 절대로 밖으로 나오지 말라고 했다. 그들은 언성을 높이며 아빠가 있는 곳을 물었다. 방에 있는 딸들을 안중에 두지 않았다. 돈을 받아내겠다는 자신들의 목적에만 혈

안이 되어 있었다. 엄마는 아무것도 모른다는 말만 되풀이했다.

영선과 영우는 방문을 열지 않아도 어떤 일이 벌어지고 있는지 알 수 있는 나이였다. 오고 가는 고성에 집 안이 흔들리는 것 같았고 몸이 떨려왔다. 영선과 영우는 무엇인가 잡을 것이 필요했기에 서로의 두 손을 꼭 맞잡았다.

엄마는 매일매일, 아빠를 찾아 나섰고 채무자들은 하루가 멀다 하고 문밖에서 서성거렸다. 그날들은 아빠의 부고로 이어졌다. 장례가 진행되고 끝나는 동안 시간이 어찌 흘렀는지 알 수 없었다. 엄마는 슬픔에 젖을 틈이 없었다. 아파트 전세금을 빼서 돈을 갚았다. 그럼에도 빚은 여전히 남아 있었고 전세 자금 대출을 받아 지금 살고 있는 이 집으로 이사를 왔다.

영선이 살게 된 동네에는 똑같이 찍어낸 듯한 빨간 벽돌의 다세대 주택들이 줄지어 있었다. 이사 온 첫날 밤, 잠을 이룰 수 없었다. 이리저리 몸을 뒤척이다가 멍한 눈길로 천장을 바라보았다. 영선은 아파트로 이사 갔던 그 따뜻했던 날을 기억했고 다시는 그 시간으로 돌아갈 수 없다는 것을 직감했다.

다음 해 영선은 대학생, 영우는 고등학교 2학년이 되었다. 영우는 점점 말수가 줄었고 학교와 도서관을 오가며 집에서는 잠만 잤다. 돌이켜보면 영우도 힘들었을 것이다. 영우가 자기만 생각하게 된 것은 살아남기 위한 방어기제였는지도 몰랐다. 영선도 어렸기에 당시엔 그 마음을 짐작하지 못했을 뿐.

엄마는 이 동네로 이사 와서 새로운 일자리를 구했다. 집에서 버스로 두 정거장 떨어진 곳에 있는 백반집에서 설거지와 서빙을 했다. 다행히 사람들은 그 가게를 많이 찾았고 엄마는 식당 일과 반찬 만드는 일을 배워나갔다. 빚을 다 갚고 나면 가게를 차리는 것이 엄마의 꿈이었다. 하지만 재개발이 일면서 몇 달 뒤 그 식당은 문을 닫아야 했고 일자리를 찾던 엄마는 식당이 아닌, 청소 용역 업체에 취업했다. 엄마의 주된 일은 아파트 계단과 엘리베이터 등을 청소하고 소독하는 것이었다. 엄마는 가끔 아파트 사람들에 대해 이야기를 했다. 자기를 투명 인간 취급하듯 지나치는 사람들과 꼬박꼬박 인사하는 꼬마와 고층 비상계단에서 창문 아래를 내려다보며 마시는 믹스커피의 달콤함에 대해서.

엄마는 퇴근 뒤 집으로 돌아와서 잠이 들 때까지 TV 앞에 웅크리고 앉아 봉투를 접고 인형 눈알을 심는 등의 부업을 했다. 영선네 가족은 외식은 물론 가까운 국내 여행 한 번 가지 못했다. 영선네 가족에게 포기는 익숙한 것이 되어버렸다.

영선은 계속해서 세상에서 밀려나는 감정에 휘말렸고 그때마다 아빠를 생각했다. 아빠의 죽음이 부당하고 억울하다고 느꼈음에도 한편으로는 이유 없이 원망스러웠다. 엠피쓰리를 보면 아빠가 떠올랐기에 그것을 상자 안에 담은 뒤 엄마 방 장롱 서랍 안에 넣어두었다. 엄마가 돌아가시고, 장롱을 정리하며 엠피쓰리를 찾았지만 어디에서도 상자를 발견하지 못했다.

엄마는 고단한 일상에서도 때때로 농담을 하며 웃으려 노력했고 부드러운 표정을 지으며 먼 곳으로 시선을 두었다. 그곳에는 언제나 아파트가 있었다. 영선은 H가 살았던 아파트를 떠올렸고 영선을 불안하게 했던 엄마의 아련한 눈길을 기억했다. 어쩌면 엄마가 사랑했던 대상은 아파트였던 걸까.

그 무렵 영선은 아르바이트를 하며 공부도 하느라 바쁜 날들이었음에도 불안했고 불안을 떨쳐내기 위해 더욱 몸을 움직였다. 그런데도 깊은 잠을 이루지 못하고 종종 새벽에 깼다. 물을 마시러 거실에 나오면 거실 한쪽에서 웅크리고 앉아 있는 엄마를 발견했다.

"엄마 거기서 뭐 해?"

"영우가 공부해서."

"영우보고 거실에서 하라고 하지."

"거실은 춥잖아. 학원도 못 보내는데 얼마나 기특하

니. 이 정도 추위는 고생이라고 말할 수도 없지."

영선은 엄마 손목을 잡고는 자기 방으로 들어가자며 잡아당겼다. 엄마는 한사코 싫다며 꿈쩍하지 않았다. 영선은 더 복잡해진 마음으로 혼자 방으로 들어와 누웠다.

다음 날 오후, 엄마가 과일을 먹으라며 방에 있는 영우를 불렀고 영우가 나와 거실에 있는 TV를 켰다. TV에서는 뉴스가 흘러나왔다. 영선과 엄마는 자연스럽게 뉴스에 집중했는데 정부가 추진하고 있는 서민주거대책 보금자리주택 정책에 대한 내용이었다.

보금자리주택 정책은 국민 모두가 집을 '소유'한다는 국가적 목표를 갖고 탄생한 것이었다. 비싸게 주택을 공급하는 민간에만 주택 공급을 맡기지 않고, 한국토지주택공사(LH)를 활용하여 공공주택을 저렴하게 공급함으로써 누구나 집을 살 수 있게 한다고 했다.

엄마는 갑자기 벌떡 일어나더니 방으로 들어가 통장을 들고 나왔다. 예금주는 김민숙이었다. 그 당시 영선과 영우, 엄마 셋이 살던 그 집의 세대주 역시 엄마, 김민숙이었다.

영선은 통장을 내려다보는 엄마 얼굴을 힐끔 쳐다보았다. 미간에 주름이 지고 윗니로 아랫입술을 살짝 깨물고 있는 엄마, 깊은 고민을 하고 있을 때 나오는 표정이었다. 세대주 김민숙은 이번에는 꼭 청약에 도전해 보리라 결심하고 있었다.

　이후 엄마는 틈틈이 모델하우스를 방문했고 영선은 간간이 엄마 방에서 모델하우스 브로슈어를 볼 수 있었다. 결론부터 말하자면 김민숙은 청약을 하지 못했다. 그녀의 발목을 잡은 것은 빚이었다. 남편이 남겨 둔 빚을 갚지 못한 채 아파트를 분양받는다는 것은 무리라고 생각했다. 이후 세대주이자 영선의 엄마 김민숙은 이 집에서 9년을 살았고 전세 계약을 4번 갱신했다. 영선과 영우에게 이 집 주인은 좋은 사람이라고 말해왔다. 단두 번밖에 세를 올리지 않았기 때문이다.

⑩

　영선은 텅 빈 집 안을 둘러보며 허기를 느꼈다. 가방을 내려놓고 햇반을 전자레인지에 넣고 돌렸다. 그사이 햄을 굽고 김과 김치를 접시에 담아 식탁 위에 놓았다. 벨이 울리자 영선은 전자레인지에서 햇반을 꺼내 식탁 위에 놓고 의자에 앉았다. 혼자 먹는 밥은 이미 익숙한데도 문득문득, 외로움이 밀려드는 것은 어쩔 수 없었다.

　식사를 마친 영선은 식탁을 정리하고 가방에서 책을 꺼내 공부를 시작했다. 집 안에는 내용을 중얼거리는 영선의 목소리와 일정한 간격으로 지나는 시계 초침 소리만이 부유하듯 떠다녔다. 시간을 확인했다. 밤 9시 30분. 영우에게 전화를 걸었다. 영우는 긴 신호음 뒤에 전화를 받았다.

"언제 와?"

"회식이라 좀 늦을 것 같아."

"알았어. 많이 마시지 말고."

영선은 전화를 끊었다. 잠시 뒤, 카톡 알람이 울렸다. K였다.

-영선아 백화점 사거리 B호프집에서 희진이 만나기로 했다. 희진이가 9급 시험에 합격했대. 너도 올래?

영선은 휴대폰을 지그시 내려다보았다. 희진이가 합격했구나, 영선은 그녀의 합격이 기쁘면서도 씁쓸했다. 외출이 내키지 않았지만 축하는 해줘야 할 것 같아 알겠다며 장소를 알려달라는 톡을 보냈다. 곧 장소가 링크된 톡이 도착했다.

영선은 맥주집 안으로 들어갔다. 영선을 발견한 K가 손을 흔들었다. 테이블에는 K와 희진이 마주 앉아 있었다.

"축하해. 붙었으면 바로 얘기해주지."

영선은 희진의 옆자리에 앉으며 말했다.

"연수하고 이래저래 정리하다 보니까."

"얘, 결혼도 한댄다."

K가 이어 말을 전했다.

"정말? 전에 만나던 성우 오빠?"

"응."

"그런 의미에서 얼른 짠 하자."

K는 영선의 잔에 맥주를 따르며 말했다. 셋은 잔을 부딪쳤다. 영선은 결혼을 선택할 수 있는 희진이 부러웠다. 영선에게는 사랑이라는 감정도 사치 같았다. 그 사랑이라는 것의 시작과 과정, 끝에도 돈이 필요했기에. 영선은 아주 드물게 누군가를 향한 감정이 찾아올 때마다 일부러 밀어내버렸다.

"신혼집은 구했니?"

K가 물었다.

"찾고 있는 중이야. 서울 아파트에서 전세로 시작하고 싶은데 집값이 올라서 가능할지 모르겠어. 서울이 힘들면 서울이랑 붙어 있는 경기도 아파트라도 알아봐야지. 넌 부모님이 경제적으로 여유가 있잖아. 오빠 집이나 우리 집이나 그렇지 않거든."

영선도 알고 있었다. K의 부모님이 사업을 하고 있다는 것을.

"대신 너희 둘은 공무원 부부잖니. 난 사실 공시는 포기한 거지. 2년제 대학 나와서 취업해봐야 월급도 그저 그렇고 아빠가 회사 나와서 일하라는데 솔직히 존심 상해."

영선은 K와 희진의 푸념을 들으면서 각자 자기 나름의 사정은 있다고 생각했다. 그렇다 해도 영선은 자기 이야기를 꺼낼 수 없었다. 그들과는 차원이 다르다고 여겼기에. 영선은 희진과 K를 난감하게 하고 싶지 않았다.

"우리 사진 찍자."

희진은 휴대폰을 꺼내 손을 올렸다. K와 영선은 휴대폰 액정 속으로 들어가기 위해 몸을 붙였다. 찰칵 소리가 여러 번 난 뒤, 희진은 사진을 확인하고는 바로 SNS에 업로드 했다.

#오랜만에친구들 #빛나는우리우정

"어때?"

희진은 K와 영선에게 자신의 인스타그램을 보여주었다. 영선은 희진의 인스타그램 피드 속 사진들을 눈여겨보았다. SNS 피드 역시 소확행과 욜로욜로로 가득한 일상의 사진들로 칸칸이 채워져 있었다. 희진은 확실히 달라졌다. 공부할 땐 무채색 티셔츠에 트레이닝복 차림에 슬리퍼를 신고 다녔다. 화장도 멀리했었다. 하지만 시험에 붙고 여유가 생겨선지 유행에 민감해졌다. 그녀가 몸에 치장한 옷과 화장품, 신발, 가방 등을 보면 알 수 있었다.

"사진 공유해. 나도 올릴게."

K의 말에 희진은 바로 실행에 옮겼다. 사진을 받은 K도 SNS에 업로드 하느라 손이 바빴다. 희진은 영선에게 SNS를 하지 않느냐고 물었다.

"난, 뭐. 별루."

영선은 웃으며 고개를 가로저었다. 희진과 K가 사진을 감상하는 동안 영선은 자신이 SNS를 하지 않는, 단순한 이유에 대해 생각했다. 게시할 만한 것이 없기 때문이다. 예전에는 친구들 계정을 둘러보면서 '좋아요'를 누르곤 했지만 어느 순간부터 '좋아요'를 누를 때마다 영선의 기분은 '나빠요'로 치환되었다. 무엇인지 모를 소외감, 박탈감, 다급함이 느껴졌다. 차라리 아무것도 모르는 편이 나을 수 있다는 생각이 들어 계정을 비공개로 전환하고는 앱을 지웠다. 영선은 알렉스 퍼거슨 감독이 말한 "SNS는 인생의 낭비다"라는 말을 믿고 싶었다.

"나랑 같이 공부했던 스터디 회원들 중에 지방직 신청한 사람 두 명이 이번에 붙었대."

K의 말에 영선의 귀가 솔깃했다.

"주변에서 된 거 보니까 정말 그쪽으로 돌리는 게 좋

은 건가 싶기도 하고."

K는 영선을 바라보았다.

"넌 어떻게 공부하고 있어? 혼자 하는 거 힘들지 않아?"

"괜찮아. 할 만해."

영선은 짧게 답했다. 영선은 희진과 눈이 마주쳤다. 영선은 희진의 눈길을 피하고는 남은 맥주를 마저 마셨다. 희진도 K도 영선의 엄마가 돌아가신 것을 알지 못했다. 영선은 알리지 않았다. 그때는 그러고 싶었다. 지금 사무직 아르바이트를 하고 있다는 것도 모른다. 친구들이 그것에 대해 묻지 않았으니까 영선은 거짓말한 것은 아니라고 생각했다.

"웨딩드레스는 골랐니?"

K는 희진 쪽으로 몸을 기울이며 화제를 돌렸다. 희진은 그럼,이라고 말한 뒤 휴대폰 갤러리를 뒤적여 저장된 사진을 불러들였다. K와 영선은 화면 쪽으로 머리를 기울였다. 적당히 파인 가슴선과 무광의 심플한 드레스는 흰색 카라 꽃을 연상시켰다. 영선은 희진의 보정한 얼굴과 몸을 생경한 눈으로 바라보았다. 그러고는 빈 잔에 맥주를 따라 마셨다.

희진과 K는 웃으며 대화를 나누었다. 술이 몸속으로 들어갈수록 그들의 목소리가 점점 작게 들려왔고 시간이 멈춘 듯한 기분에 사로잡혔다. 모두가 일정한 속도로 나아가고 있을 때 멈춘다는 것은 뒤로 밀리는 것이나 마찬가지였다.

영선은 답답했다. 시원한 바람을 쐬고 싶었다. 영선이 자리에서 일어나자 희진이 어디 가느냐고 물었고 영선은 화장실에 다녀오겠다고 말한 뒤 문밖으로 나왔다.

K에게 문자를 보냈다. 시간이 늦어져 집으로 가야 할 것 같다고. 희진에게도 전해달라고. 그런 뒤 카카오페이로 만 원을 보냈다. 자신이 먹은 것은 맥주 한 잔과 치킨 한 조각이라는 사실이 떠올랐다. 만 원이 아깝다는 생각과 동시에 손해를 보는 듯하다고 느꼈을 때, 이토록 구차해지는 자신이 혐오스럽기까지 했다. 고개를 절레절레 저었다.

그때 뒤에서 영선을 부르는 희진의 목소리가 들려왔다. 영선은 몸을 돌렸다. 희진이 영선을 향해 달려오고 있었다.

"그렇게 가는 게 어딨니?"

"미안, 일이 생겨서."

"아닌 거 다 알거든?"

영선은 입을 다물었다. 희진은 영선 앞으로 쇼핑백을 내밀었다.

"공부하면서 요약한 노트랑 학원에서 준 자료들. 네

게 도움이 되었음 해서."

희진은 봉투를 가만히 내려다보고만 있는 영선에게 어서 받으라고 말했다. 영선은 봉투를 받아 들었다. 생각보다 묵직했다.

"난…… 생각도 못 했는데."

희진의 눈을 마주칠 수 없어 왼쪽 볼에 있는 점을 보며 말했다.

"네가 싫어하지 않아서 다행이다. 혹시나 기분 상하면 어떻게 하나, 집에서 나올 때까지 고민했는데."

희진은 웃으며 말을 이었다.

"난 말이야. 너처럼 열심히 사는 사람이 잘됐으면 좋겠더라. 시험 꼭 붙어."

"내가 그런가?"

"내가 아는 사람 중에선 제일."

영선은 몸 둘 바를 몰랐다.

"붙으면 꼭 연락해."

희진은 손을 흔들고는 건물을 향해 달려갔다. 영선은 희진이 보이지 않는데도 그 자리에서 꼼짝하지 않았다. 희진이 건물 안으로 들어간 뒤에 봉투에서 노트를 꺼내 한 장 한 장 넘겼다. 정갈한 글자들, 색색의 형광펜으로 중요한 내용에 밑줄과 별표시가 있었다. 이 노트는 희진의 노고와 시간이었다. 조금 전 만 원을 아까워했던 자신이 미워짐과 동시에 부끄러움이 밀려들어 숨고 싶었다.

영선은 버스를 타려다가 걷는 걸 선택했다. 고등학교 때는 대학, 대학에 가서는 취업, 이후에는 결혼과 집 등으로 관심사가 달라졌다. 마주해야 할 세계는 넓어지고 만나야 하는 사람들도 많아지고 관계는 복잡해질 수밖에 없다. 감당해야 할 것과 책임져야 할 것들이 두터워진다. 하지만 영선은 그 모든 것들을 멀리하고 혼자인 것을 선택했다. 이건 도피일까. 아님 단단해지기 위한 몸부림일까. 답을 알 수 없는 질문들이 이어지는 동안 화려한 불빛들이 줄 서 있는 번화가에서 벗어나 큰길에 이르렀다.

K가 말했던 지방직 공무원이 떠올랐다. 공무원 시험에는 두 가지 종류가 있다. 국가직과 지방직. 국가직에 합격하면 국가기관, 지방직은 지방자치단체에서 일한다. 지방직을 선택하면 응시한 지역 안에서만 근무를 하게 된다. 주변에는 경쟁률이 낮은 지방으로 내려가는 사람들도 종종 있었다. 친척이나 아는 사람의 등본 아래로 들어가 세대원이 되는 것이다. 하지만 영선은 지방에 친척도 아는 사람도 없었다. 불쑥, 한 가지 생각이 떠올라 걸음을 멈추었다.

'지방직 공무원을 선택하고 1억 2천만 원의 전세금을 영우와 나누는 건 어떨까. 영우는 그 돈을 보태 회사 근

처에 오피스텔을, 나는 지방에 원룸을 얻고. 그것이 우리 현실에 맞는 선택이 아닐까.'

발치를 내려다보며 생각에 잠겼던 영선은 고개를 들었다. 건너편에 있는 주황색 간판의 부동산이 눈에 들어왔다. 유리벽에 다닥다닥 붙어 있는 A4지 크기의 전단지들도. 길을 건너 부동산 앞에 섰다. 급매, 매매, 전세, 월세라고 쓰여 있는 글자 아래에는 아파트 이름과 평수, 그리고 가격이 적혀 있었다. 59, 74, 84 등의 숫자가 낯설지 않았다. 아파트들의 가격을 살폈다. 지금 살고 있는 빌라와 비슷한 평수의 아파트 전세는 2억 초중반이었다. 매매 가격은 3억에서 4억 정도 되었다. 사람들은 어떻게 돈을 벌고 돈을 모아서 아파트를 사는 걸까.

빚을 다 갚은 날 엄마는 홀가분하다고 말했다. 영선은 엄마가 끝까지 아파트를 포기하지 않았다는 것을 알고 있었다. 장롱 깊숙이 있던 청약 통장이 그것을 대변하고 있었다. 아파트를 완전히 포기했다면 10만 원이 아쉬웠던 그 시절, 그 통장은 이미 깨졌을 테니까.

영선은 점퍼 주머니에서 휴대폰을 꺼내 포털 창에 '아파트 매매'라는 검색어를 입력했다. 이어진 글들 중 부동산 카페에 올라온 굵은 글자의 제목이 눈에 들어와 그 게시물을 클릭했다.

N시에 살고 있어요. 단독 주택을 팔고 아파트를 사려고 하는데 어떨까요? 좀 더 기다렸다가 파는 게 좋을까요? 제가 아직 잘 몰라서요. 참고로 아이 둘이고 5, 7살입니다.

↘ 투자를 생각하면 당연히 아파트죠. 단독 주택은 아파트값 오르는 것에 비할 바가 아니죠.

↘ 좀 더 고심해 보세요. 단독 주택만의 장점이 있죠. 아이들이 어리니 단독 주택이 더 좋을 수도 있어요. 아이들 좀 더 크고 나서 아파트로 옮겨도 되지 않을까요?

↘ 그사이 아파트값은 더 오르겠죠. 결심했을 때 하는 겁니다.

전국 집값이 올랐지만 지하철 발표하니 가격이 또 올랐네요. 지금이라도 매수해야 할까요?

↘ 지금이 가장 쌀 때입니다.

↘ 부동산을 사는 것은 시간을 사는 겁니다. 매수하는 걸 권해드려요.

↘ 아무것도 하지 않으면 멈춰 있는 게 아니라, 뒤로 밀리는 거예요. 앞으로 나아가지는 못해도 뒤처지지 말아야죠. 현명한 선택 하세요.

'부동산을 구입하는 것은 시간을 사는 것이다'라는 말이 유독 눈에 들어왔다. 이 말이 귀에 익은 느낌이었다. 더듬더듬 기억을 되돌려보니, 모델하우스에서 주 대리가 했던 말이었다.

'시간을 산다. 시간을 산다.'

영선은 그 말을 읊조리며 인스타그램, 페이스북, 유튜브를 떠올렸다. 인터넷이 국내에 본격적으로 보급되기 시작한 2000년대 초에 콘텐츠 기업들은 어떻게 수익을 창출할지 고민했다. 당시 프리챌 같은 기업들은 이용자에게 돈을 받는 과금에 도전했다가 실패했다. 그 뒤에는 프리미엄이라는 수익 창출 방식이 통용되었다. 상품과 서비스를 무료로 제공한 뒤 사용자 기반이 확보되면 일부 기능이나 콘텐츠 등을 유료화하여 수익을 창출하는 것이다.

하지만 페이스북, 인스타그램, 유튜브는 무료로 운영하고 있다. 그들은 이용자의 돈이 아닌 광고주의 돈을 필요로 하기 때문이다. 광고를 받기 위해서는 이용자의 시간이 필요하다. 그 시간을 어떻게 붙잡아둘 수 있느냐가 중요한 것이다.

'시간을 산다는 것은 무엇일까.'

영선은 더 많은 질문과 댓글을 보고 싶었다. 그러기 위해서는 카페에 가입을 해야 했다. 지금 상황에서는 어찌해볼 수도 없는데 가입한들 무슨 소용이 있을까 싶은데도 이대로 멈추기에는 아쉬웠다. 언젠가는 필요할지 모르니 일단 가입해보기로 했다.

잠시 뒤, 화면 창에는 영선이 준회원이 되었다는 메

시지가 떴다. 정회원이 되기 위해서는 매일, 하루에 한 번, 일주일 동안 카페를 방문해야 한다는 내용도.

모든 절차를 마치자 영선은 마음이 헛헛했다. 떠오르는 곳은 휴 카페밖에 없었다. 영선은 버스 정류장을 찾았다. 그때 휴대폰에서 벨이 울렸다. 발신자는 영우였다. 영선은 전화를 받았다.

"언니 어디?"

"응. 잠깐 나왔어. 백화점 근처야. 넌?"

"골목 편의점 앞이야."

"벌써?"

"밥만 먹고 나왔어. 뭐 사갈 것 있나 해서."

"없어."

영선은 지방직 공무원에 대해 영우와 의견을 나눠보면 어떨까 생각했다.

"영우야. 할 얘기가 있어. 집에서 보자."

"응. 알았어."

집 안으로 들어온 영선은 잠옷 차림으로 식탁 의자에 앉아 있는 영우를 발견했다. 영우 앞에는 노트북이 펼쳐져 있었다. 늘 방에만 있던 영우였다. 이곳에 있는 영우가 낯설게 느껴졌다.

"잠깐 기다려. 씻고만 올게."

영선은 방으로 들어가 편한 옷으로 갈아입고 욕실로 들어갔다. 세수를 한 뒤 수건으로 물기를 닦고 거울을 들여다보았다. 술기운이 남아 있는 양 볼에 붉은빛이 돌았다. 영선은 스킨과 로션으로 얼굴을 진정시키고 거실로 나와 영우 앞에 앉았다. 영우는 노트북을 덮고는 영선의 얼굴을 보았다.

"술 마셨어?"

"조금. 잠깐 친구들을 만났어."

"편의점에서 맥주 샀는데, 더 마실래?"

영선은 고개를 끄덕였다. 영우는 새우맛 과자 봉지와 캔 맥주 두 개를 식탁 위에 내려놓았다. 둘은 동시에 캔 맥주 꼭지를 땄다.

영선은 지방직 공무원 시험에 대해 이야기를 꺼내며 이 집의 전세금 일부로 방을 얻고 영우 역시 원하는 곳에 오피스텔을 얻는 것이 어떻겠냐고 물었다. 영우는 새우맛 과자 봉지를 뜯은 뒤, 과자를 입에 물고 조금씩 베어 먹었다. 영선은 영우가 자기가 한 말을 곱씹고 있는 중임을 알고 있었다.

"언니는 내가 왜 오피스텔에서 살고 싶어 한다고 생각해?"

영선의 동공이 흔들렸다.

"엄마가 쓰러지기 전부터 원했다는 거 알아. 아무래

도 넌 네 시간과 공간을 중요하게 여기는 아이니까. 어렸을 때부터 그랬잖아."

"나만의 공간을 갖고 싶어서 그런 거라고 생각해?"

"어느 정도는."

"뭐, 틀린 말은 아냐. 하지만 그게 전부는 아냐."

"다른 이유가 있어?"

"나, 스마트 스토어를 해볼 생각이야. 그동안 관련 강의 듣고 있었어. 아이템도 찾고 있고. 회사 다니면서 해야 하는 일이니까, 회사 근처에 오피스텔을 얻고 싶었던 거야. 단순히 여길 벗어나고 싶다는 이유만 있었던 건 아냐."

생각지 못한 영우의 대답에 목이 타 영선은 맥주를 한 모금 마셨다.

"몰랐어."

"당연하지. 내가 말을 하지 않았으니까. 언니 우리 힘들게 살았잖아. 엄마 빚 다 갚고 이제 숨 좀 쉴 만하니까 엄마 그렇게 떠나고. 언니도 알지? 내가 얼마나 열심히 살았는지?"

영선은 고요한 시선으로 영우를 바라보았다. 시간은 돈이다. 사교육은 돈으로 산 시간이다. 영우는 그 시간을 혼자의 힘으로 이겨냈다.

"알지. 너무 잘 알고 있어. 그래서 난 네가 대단하다고 생각해."

영선은 조용히 말을 건넸다.

"아니, 언니, 그런 말 들으려고 했던 거 아냐."

영선은 영우를 바라보았다.

"벌 수 있을 때 벌고 싶어. 솔직히, 여자 사원이 회사에서 오래 버티는 거 힘든 일 같더라. 선배들을 보니까 그래. 요즘 세상이 뭐 그러냐 하지만 그게 현실이더라. 회사가 나를 책임져주는 거 아니잖아. 뭔가 나만의 무기를 만들어야 하는 것 아닌가. 월급 모아서 집 사기도 힘든 세상이고. 사업이라고 하면 좀 거창하지만. 그래서 스마트 스토어를 생각한 거야."

영우의 고단함이 느껴졌다.

"그런 눈으로 보지 마. 난 잘하고 싶어. 희망적으로 좋은 생각만 하고 싶다고."

"그래, 알았어."

영선은 양쪽 입꼬리에 힘을 주며 밀어 올렸다.

"언니가 말한 건 완전히 결심이 선 거야?"

"아니. 그렇게 해서 붙은 사람들이 있다고 하니까. 주변에서 붙었다는 사람들 소식 들려오니까 불안하기도 하고. 그래서……."

"그럴 수 있지……. 지방이면 어디?"

"충청도나 경상도 아니면 전라도나 어디든 상관없을

것 같애."

"너무 멀리 가는 거 아냐? 난 솔직히 언니가 지방 가는 건 반대야. 지방에서 대학 졸업한 사람들도 서울이나 수도권으로 올라오려는 사람들 많다고. 급해? 바로 결정해야 하는 거야?"

"생각은 많은데 무엇 하나 결정하기가 어렵네. 어차피 올해는 돈을 모을 생각이었어."

"그럼 한 달 정도 더 생각해 봐. 그동안 집도 알아보면서."

영선은 고개를 끄덕였다. 영선과 영우는 간간이 눈을 마주치며 맥주를 마셨다. 영우와 이런 대화를 나누어본 것이 언제인지 기억이 나지 않았다. 결론이 난 건 없지만 영우와 함께한 이 시간이 소중하게 느껴졌다.

6시가 되자, 사무실 사람들이 퇴근 준비를 시작했다. 부장을 필두로 과장, 대리순으로 사무실을 빠져나갔다. 서로 인사를 하고 사무실을 나가는데도 주 대리는 책상 앞에 앉아 업무를 보고 있었다.

영선은 퇴근 전 화장실에 다녀왔다. 그사이 사무실은

비어 있었다. 사무실을 나가려는데 주 대리 자리 쪽에서 바스락거리는 소리가 났다. 영선은 그쪽을 힐끔거렸다. 영선이 문손잡이를 바깥쪽으로 미는 순간 뒤쪽에서 미세한 신음 소리가 들려왔다. 영선은 주변을 둘러보았다. 주 대리 자리 쪽에서 새어 나오고 있었다. 그쪽으로 조심스럽게 다가갔다. 주 대리는 두 손으로 배를 움켜잡은 채 책상에 엎드려 있었다.

"주 대리님, 괜찮으세요?"

놀란 영선은 몸을 수그려 그녀의 어깨를 잡고 물었다.

"여, 영선 씨 구, 급차 좀."

가느다란 주 대리의 목소리가 파르르 떨렸다.

"알았어요."

휴대폰을 꺼내 황급히 119를 눌렀다.

주 대리는 회사 근처 중형 병원 응급실로 실려왔다. 여전히 통증으로 고통스러워했지만 의식은 있었다. 영선은 주 대리가 구급차에 오를 때 대원들에게 주 대리의 임신 사실을 알렸다.

대원들은 주 대리를 응급실로 데리고 들어갔다. 영선도 그들을 쫓았다. 의사와 간호사가 다가왔다. 대원들이 의사에게 임신 사실을 알리자 의사는 커튼을 치고 주 대리의 상태를 살폈다. 잠시 뒤, 내진이 필요하다며 주 대리의 침상을 초음파실로 옮겼다. 모두가 일사불란하게 움직였다.

영선은 굳건하게 닫힌 문을 지켜보았다. 의사와 간호사, 환자들의 분주함 속에서 병원 특유의 소독약 냄새가 후각을 자극했다. 쓰러진 엄마가 병원에 실려온 날의 기시감 때문에 긴장감이 들었다. 빠르게 뛰는 심장을 진정시키고자 두 손을 맞잡고 무사하길, 제발 무탈하기만을 빌었다.

잠시 뒤 내진실 문이 열리고, 의사가 보호자를 찾았다. 영선은 앞으로 성큼 다가섰다.

"혈압이 조금 높네요. 스트레스로 자궁 수축이 온 것 같아요. 다행히 자궁이랑 태아는 이상 없으니, 영양제 주사 맞고 안정을 취한 뒤 퇴원하시면 될 듯합니다."

영선은 어깨를 움츠리며 몇 번을 감사하다고 말했다. 곧 내진실 안에서 주 대리의 침상이 나오고 응급실 한쪽에 자리를 잡았다. 주 대리에게 가까이 다가갔다. 얼굴이 한결 편안해 보였다.

"괜찮으세요?"

"네. 영선 씨 덕분이에요. 고마워요."

주 대리는 희미하게 웃으며 말했다.

"가족들과 남편분께 연락해드려요?"

"아뇨. 남편은 오늘 저녁에 중요한 미팅이 있다고 했

어요. 엄마에게는 야근한다고 했으니 애 봐주고 계실 거고요. 일 크게 만들고 싶지 않아요."

주 대리의 결정이 선뜻 이해가 되지 않았다. 엄마에게는 그렇다 쳐도 남편에게는 알려야 하는 것 아닌가.

"이제 가도 돼요. 영선 씨."

이런 상황에 그녀를 혼자 두고 갈 수는 없었다.

"괜찮아요. 약 들어가고 있으니 저 신경 쓰지 말고 눈 좀 붙이세요."

영선은 보조 의자에 앉으며 말했다.

주 대리는 눈을 감았다. 영선은 방해되지 않도록, 소리 나지 않게 가방 지퍼를 열고 희진이 준 정리 노트를 꺼내 펼쳤다.

한 시간 뒤, 간호사가 다가와 주 대리의 팔목에서 주삿바늘을 빼고 혈압을 쟀다. 120에 70, 정상이라고 말한 뒤 수납하고 가면 된다고 말하고 돌아섰다. 주 대리는 옆에 놓여 있는 가방에서 지갑을 꺼내 카드를 뺐다.

"제가 하고 올게요."

영선은 주 대리에게 카드를 받아 수납 창구 쪽으로 향했다.

영선이 돌아왔을 때 주 대리는 코트를 입고 옷매무새를 가다듬고 있었다.

"부축해드려요?"

"괜찮아요."

주 대리는 신발을 신었다. 어깨에 메려는 가방을 영선이 대신 받아주었고 주 대리는 고맙다고 말했다.

영선과 주 대리는 밖으로 나왔다. 이미 어두워져 있었다. 주 대리는 고개를 들어 멀리 시선을 올렸다.

"영선 씨 바빠요?"

"아니 뭐……."

"괜찮으면 나랑 저녁 먹을래요?"

"그 몸으로 어딜 간다고 그러세요?"

영선은 걱정과 우려가 섞인 목소리로 물었다.

"호텔이요."

"……."

"일 년에 두 번 정도 혼자 호텔에 가요. 룸서비스로 맛있는 것도 먹고 눈도 붙이고 쉬고 그래요. 부모님도 남편도 몰라요. 어쨌든 영선 씨도 저녁은 먹어야 하잖아요."

영선은 말없이 주 대리를 바라보았다. 솔직히, 그녀를 완전히 이해할 수 없었다. 그렇다고 거절할 이유도 찾을 수 없었다.

"좋아요. 그렇게 해요."

"그럼, 잠깐만요."

주 대리는 휴대폰을 만지작거렸다. 한참 동안 검색을

하더니 얕은 숨을 내뱉으며 겨우 예약을 했다고 말했다.
주 대리는 택시를 잡기 위해 손을 흔들었다.

주 대리는 호텔방에 들어오자마자 아무렇게나 구두를
벗었다. 코트도 침대 위에 던지듯 올려놓고 소파에 앉았
다. 영선도 소파 한쪽에 가방과 점퍼를 벗어놓고는 긴장
한 듯 소파 끄트머리에 엉덩이를 걸치고 앉았다. 주 대
리는 익숙하게 전화를 걸어 룸서비스를 시켰다. 잠시 뒤
종업원이 호텔방 안으로 들어와 탁자 위에 음식을 올려
놓았다. 크림소스 해산물 스파게티와 볼로네제 파스타,
샐러드와 빵, 버터가 있었다. 레모네이드와 와인 한 잔
까지 올려놓자 주 대리는 종업원에게 팁을 주었고 그는
편히 쉬라는 말을 남기고 방을 나갔다.

어느새 어둠은 깊어졌다. 영선은 창밖으로 고개를 돌
린 뒤 명멸하는 도시의 빛들을 눈에 담았다.

"영선 씨 어서 먹어요."

영선은 차려진 음식을 내려다보며 사진을 찍어 SNS
에 올리기 좋을 장면이라고 생각했다.

"와인 한잔해요. 피로 풀리게 도와줄 거예요."

투명한 글라스에 담긴 자줏빛 와인을 눈여겨보았다. 영선에게는 장소도 분위기도, 모든 것이 어색했다. 주 대리는 포크로 스파게티를 돌돌 말아 입 안에 말끔하게 넣었다. 흡족한 표정이었다. 영선에게 주 대리는 종잡을 수 없는 사람이었다. 사무실에서, 모델하우스에서, 호텔 방에서 주 대리는 각기 다른 분위기를 풍겼다. 영선은 그 생각을 떨쳐내지 못한 채 포크로 샐러드를 찍었다.

식사를 마친 주 대리는 레모네이드 잔을 들고 소파에 깊숙이 기대앉으며 말문을 열었다.

"일과 육아에 지치거나 도망가고 싶을 때 일 년에 한두 번은 와요. 아이를 봐주고 있는 엄마한테는 미안하지만 회식이나 야근이라는 핑계를 대곤 하죠. 아이는 예쁘지만 가끔 모든 것에서 벗어나고 싶을 때가 있거든요. 둘째가 생기면서 엄마가 더 신경을 써주고 있죠. 엄마한테는 좋은 딸이 못 되는 것 같지만 가끔은 정말 혼자 있을 공간이 필요해요. 영선 씨도 그런가요? 혼자만 알고 있는 장소가 있나요?"

영선은 와인을 마시며 휴 카페를 떠올렸다.

"네. 있어요."

"정말요? 어딘지 얘기해줄 수 있어요?"

"동네에 있는 작은 카페요. 거기서 혼자 커피를 마시며 음악을 들어요."

"영선 씨는 음악 좋아하나 봐요. 이어폰 꽂고 다니는 거 자주 봤어요. 그 카페, 나중에 나도 한번 데리고 가줘요."

"주 대리님이 좋아할 만한 곳은 아니에요."

영선은 옅은 미소를 지으며 말했다.

"왜 그렇게 생각해요?"

"이런 호텔방에 비하면 좀, 그렇다는 거죠."

"뭔가 오해가 있는 것 같은데……. 나 제 돈 다 주고 오는 거 아니에요. 이 방도 당일 취소된 거라 원래 가격보다 저렴하고요. 온라인 커뮤니티 스마트 소비자 모임에 가입했거든요. 같은 모임에 있는 저보다 두 살 많은 언니는 델타 에어라인 멤버십 포인트를 적립해서 얼마 전에 하와이 왕복 항공권을 받아서 다녀왔다고 하더라고요. 영선 씨도 이용해봐요. 온라인 카페에서 정보 얻을 수 있거든요."

주 대리는 돈을 아끼면서도 즐길 수 있는 방법에 대해 영선에게 설명해나갔다. 그녀는 주로 뽐뿌라는 커뮤니티를 이용해 깜짝 할인 정보와 공동 구매 정보를 얻는다고 했다. 출시된 지 6개월 정도 지난 스마트폰도 공짜나 10만 원 이하로 구매할 수 있다고 했다. 싼 기기가 나오면 이를 사서 되파는 사람도 있다고. 신용카드사에서 출시한 앱 카드를 사용한 뒤 제공받은 쿠폰으로 커피도 마신다고. 기업의 할인 이벤트 정보는 커뮤니티와 카카오 톡 등으로 퍼지고 있다며 영선에게도 해볼 것을 권했다.

"충동구매도 하게 되지 않아요?"

"할인한다고 해서 함부로 물건을 사지는 않죠. 기업 들이 대박 세일이라고 하는 것도 실제로 아닌 경우도 있 거든요."

"주 대리님은 체리 피커인가요? 할인만 노리는 소비 자?"

"불법은 아니죠. 비윤리적인 행동도 아니고요. 싼 물 건을 비싸게 구입하지 않을 뿐이죠. 아무튼, 영선 씨가 좋아하는 그 카페, 나 진짜 궁금하거든요."

영선은 예의상 언제 기회가 되면 같이 가자고 말했 다. 주 대리는 새끼손가락을 내밀었다.

"약속해줘요. 꼭 간다고."

영선은 풋 웃으며 그녀의 손가락에 새끼손가락을 걸 었다.

다시 어색한 침묵이 이어지자 영선은 와인 한 모금을 마셨다.

"이제 몸은 괜찮으세요?"

영선이 조심스럽게 물었다.

"네."

"대리님은 왜 그렇게 무리하면서 일을 해요?"

"그게 편해요."

"편하다고요?"

"차라리 일을 할 때가 편하다고요. 관계에 신경 쓰는 것보다 일과 씨름하는 게 나아요."

영선은 주 대리가 알고 있다고 생각했다. 사무실 사람들이 주 대리를 어떻게 생각하는지. 눈치가 없는 게 아니라 알고도 모르는 척했을 뿐이라는 걸.

"나 따돌림받는 거 처음 아니에요. 중, 고등학교, 대학교에서도 그랬어요. 학교라는 데만 벗어나면 괜찮아질 줄 알았는데 직장에서도 같은 일이 생기네요. 언제가 가장 곤욕인 줄 알아요? 회식 자리죠. 일을 하지 않는데 함께 있어야 하는 시간. 다들 불편해하는 거 알고 있으니까요."

그 마음을 이해할 수 있었다. 공부를 하지 않는데 함께 있어야 하는 시간. 그 시간에는 돈이 필요했다. 영선은 그때가 가장 곤혹스러웠다.

"그럼 저한테는 왜 모델하우스에 같이 가자고 했어요?"

주 대리는 뜸을 들이다 입을 열었다.

"언젠가 회식 자리에서 영선 씨 이야기가 나왔어요."

"김 과장이 내가 이기적이라고 하던가요? 사회생활을 못한다고요?"

"그게……"

"저도 알고 있어요. 김 과장이 다른 사람 뽑고 싶어 했던 거요. 대학 후배인 대학생으로. 저도 그런 생각 한 적 있어요. 최소한 내가 서울에 있는 대학을 나왔다면, 유행에 민감하지는 않아도 뒤처지지 않을 정도로 꾸미고 다녔다면, 그래도 나를 함부로 대했을까."

영선은 주 대리의 얼굴을 보았다.

"이렇게 말하면 좀 그렇지만 연대 의식 같은 게 생겼다고나 할까요? 나 알아요. 영선 씨 아주 검소한 사람이라는 걸. 많은 사람들이 겉모습으로 그 사람을 판단하죠. 적어도 난 그러지 말자 생각했어요. 그날은…… 청약 통장을 갖고 있던 게 생각나서 물었던 거예요. 솔직히 난 영선 씨가 거절할 줄 알았어요."

"……"

"기분 나빠요?"

영선은 고개를 가로저었다.

"영선 씨를 보면 고등학교 1학년 때 만났던 한 아이가 떠올라요. 아이들이 모두 나를 따돌릴 때 유일하게 내게 다가와준 아이가 있었어요. 그 애도 늘 혼자 다녔죠."

"어떻게 만났는데요?"

"점심시간에도 늘 혼자였기 때문에 혼자 있는 걸 다른 애들에게 보이고 싶지 않아서 학교 도서실로 숨어들었죠. 그 애가 구석에서 책을 읽고 있더라고요. 그러다 몇 마디 하게 됐죠. 그 애는 나와 다르게 혼자 있고 싶어서 여기 왔다고 했어요. 같은 공간을 찾는데도 이유가 달랐던 거죠. 아무튼 그 뒤로 3개월 동안 그 애랑 도서실에서 만나 이야기를 나누었어요. 그때가 제일 좋았던 시간이었어요."

"왜 3개월이에요?"

"지방으로 전학을 갔거든요. 혼자서도 견딜 수 있는 방법을 알려주고요."

주 대리는 창밖으로 시선을 돌린 채 뒤 레모네이드를 마셨다.

"그게 뭔데요?"

"몰입이요. 그것이 무엇이든 몰입할 수 있는 걸 찾으라고 했어요."

"찾았나요?"

"그때는 공부였고 지금은 자산이죠. 어떻게 하면 자산을 늘려서 경제적인 자유를 누릴 수 있을까. 난 20년 뒤를 목표로 하고 있어요. 미래의 자유를 위해 현재는 돈을 버는 것만 생각하자, 참자, 견디자, 그런 마음이죠."

"그게, 가능해요?"

"노동이 아니라 자본을 이용하면요."

영선은 주 대리의 말이 이해되지 않았다.

"우리 부모님이 그렇게 자산을 늘리셨어요. 무리를 해서 강남 아파트를 분양받았는데 집값이 오르는 거예요. 그 뒤 부동산에 관심을 갖게 되고 사람들을 만나가며 정보를 얻었죠. 집값에 영향을 미치는 여러 가지 요인에 대해 공부도 하고요. 지하철, 철도 사업에 대한 정보를 미리 찾고, 그곳에 있는 집을 사두었죠. 아파트 분양권을 사고팔기도 하면서 증식해나갔어요. 지금은 두 분 다 은퇴하셨고 여유롭게 사시죠. 아이를 돌봐주는 분이 있는데 엄마가 집에 계셔서 저도 안심이 되고요. 부모님도 그걸 아셨기 때문에 청약 통장도 일찍 만들어주셨고, 과천으로 이사 가라고 한 것도 부모님이었어요. 자연스럽게 나도 학습이 되었죠. 우리 집에서는 내가 세대주예요."

주 대리는 소위 금수저였다. 그 사실을 깨닫게 되자 영선은 주 대리가 더욱더 멀게 느껴졌다. 자신과는 완전히 다른 세계에 살고 있는 사람이라고.

"그럼 부모님께 재산을 증여받으면 되잖아요."

영선의 목소리는 다소 건조해졌다.

"부모님은 호락호락한 분들이 아니에요. 아무리 자식이라도 그 돈을 쉽게 내주실 분들이 아니죠. 아이들은 돌봐줄 테니 능력껏 자산을 키우라 했죠. 스스로 지킬 줄 알게 되면 그때 생각해보겠다고 했어요. 하지만······."

주 대리는 들고 있던 잔을 내려놓았다.

"그런 부모님이 좋았던 것만은 아니에요. 아니, 어떨 때 끔찍했죠."

영선은 주 대리의 이야기에 집중했다.

"어릴 때 부모님은 투자할 수 있는 곳이라면 언제라도 찾아 떠났어요. 어느 곳이든요. 부모님을 따라다녀야 했죠. 과자나 음료수를 손에 쥐여주면 조용히 그것만 먹어야 했어요. 커서는 텅 빈 집에 남았죠. 외롭고 쓸쓸했어요. 대신 돈은 많았어요. 배우고 싶은 거 배우고 먹고 싶은 거 먹고 입고 싶은 것 입고. 그러니까 우리 부모님은 나에게 마음이나 시간 대신 돈을 준 거죠. 돌이켜보면 외로움을 채우고 싶어서 돈으로 친구들의 마음을 얻으려 했는지도 몰라요. 그런데 어긋나더라고요. 그때 알았죠. 돈으로 안 되는 것도 있구나. 그 이유 때문에 내가 따돌림을 받은 게 아닐까. 시간이 지나서야 그런 생각이 들더라고요. 그런데······."

순간 주 대리의 눈빛이 매서워졌다.

"어른이 되고 나서 돈으로 살 수 있는 마음이 있다는 걸 알았어요."

영선은 그녀의 달라진 눈빛을 보며 그게 어떤 마음인지 물었다.

110

"왜 강남 아파트가 가격이 높은지 알아요? 원하는 사람들이 많기 때문이죠. 그 수요라는 게 결국, 사람들의 마음인 거죠. 많은 사람들의 갖고 싶어 하는 마음이 모이고 모여서 욕망이 되고 가격이 되는 거예요. 그걸 알고 나니 부모님을 이해하게 됐어요. 그리고 정말 내게 필요한 걸 물려주셨구나. 부모님을 닮고 싶다. 우리 아이들도 내게 감사해할 거다……."

주 대리는 자기 배를 부드럽게 어루만졌다.

영선은 동네 부동산에 붙어 있던 아파트 매매 가격이 떠올랐다.

"얼마 전에 집 근처 부동산에 붙어 있던 아파트 가격을 봤어요. 25평 아파트가 3억이 좀 안 됐어요. 사실 그 돈도 제겐 큰돈이거든요. 더 비싼 아파트도 많겠죠. 사람들은 그 많은 돈을 어떻게 모을 수 있는 거죠? 모두 대기업에 다니는 것도 아닌데요."

"대출이죠. 대부분이 대출을 받아서 아파트를 사요. 대출금 없이 아파트를 사는 사람들은 거의 없어요. 부모님에게 증여를 받으면 모를까."

"대출은 빚이잖아요."

"영선 씨 대출에 대해 부정적이군요. 대출을 선과 악으로 나누지 말아요. 대출은 빚 맞아요. 하지만 내가 감당할 수 있는 만큼의 대출은 거인의 어깨에 올라타는 것과 같죠."

"거인의 어깨라뇨?"

"거인의 한 발자국이 사람의 백 발자국과 같다고 생각해보세요. 거인의 어깨에 올라타면 두 발자국만 걸어도 내가 원하는 곳에 이를 수 있는데 내 발걸음만으로 가려면 이백 발자국을 걸어야 하죠. 시간과 노력이 이백배가 드는 거예요. 물론 거인의 크기는 개개인에 따라 다를 수 있겠지만요."

영선은 부모님의 삶을 지켜보며 절대 빚을 지지 않겠다고 다짐해왔다. 빚을 지고 그 빚을 갚기 위해 허덕이면서 살고 싶지 않았다. 그런데 주 대리 말은 영선 믿음의 뿌리를 건드렸다. 엄마와 아빠의 좁은 보폭과 땀 흘리며 걸어야만 했던 힘겨운 시간들이 떠올랐다. 그 시간은 도대체 어디로 사라진 것일까.

주 대리는 가방에서 갈색 가죽 다이어리를 꺼내 탁자 위에 올려놓았다.

"이 수첩에 내 시간과 노력이 다 담겨 있어요. 두고 봐요. 시간이 지난 뒤 누가 더 나은 삶을 살고 있을지. 영선 씨도 공무원 시험 준비로 바쁘겠지만 틈틈이 그런 부분도 공부해두면 좋겠어요. 물론 강요는 아니에요. 자기 인생의 가치관이라는 게 있으니까요."

주 대리는 탁자 위에 있던 다이어리를 펼쳐 그사이에

있는 명함을 영선 앞으로 내밀었다.

"내 휴대폰 번호 모르죠? 혹시 도움 필요하면 전화해요."

영선은 주 대리의 명함을 받아 모서리를 만지작거렸다.

주 대리와 영선 사이에 침묵이 흘렀고 시간은 무심하게 지났다. 휴대폰의 시간을 확인했다. 9시가 훌쩍 넘어 있었다.

"시간이 이렇게 됐는지 몰랐어요. 전 그만 가볼게요."

영선은 명함을 가방에 넣으며 말했다.

"그래요. 오늘 정말 고마웠어요. 내일 회사에서 봐요."

영선은 일어나 점퍼를 입고 가방을 둘러멨다. 주 대리에게 짧게 인사를 하고는 호텔방에서 나왔다.

엘리베이터에 탄 뒤, 주 대리와 나눴던 말들을 곱씹어보았다. 그 많던 말은 어디로 사라져버린 건지, 떠오르지가 않았다. 생각나는 것은 거인의 어깨뿐이었다. 그런데 그 거인이 자신의 어깨에 올라타기라도 한 것처럼 몸과 마음이 무겁기만 했다.

영선은 이어폰을 양쪽 귀에 꽂고 플레이리스트를 재생시켰다. 이런 순간에는 비트가 살아 있는 음악이 필요했다. 둠치, 둠치, 울리는 리듬을 타고 지하철 역사로 향했다.

2호선은 잠실역을 지나 강변역으로 향했다. 멀리, 한

강을 바라보았다. 도시의 불빛을 고스란히 받고 있는, 출렁이는 검은 물의 표면, 지금 영선의 귓가에 흐르는 노래에는 파도 소리가 섞여 있었다. 귓가에 머무는 노래와 밤의 한강 불빛이 한데 어우러져 영화의 한 장면 속에 들어가 있는 듯한 착각에 사로잡혔다. 이 시간은 현실이면서도 환상이었다. 물리적인 시간을 벗어나 오로지 영선만이 영유할 수 있는 세계…….

하지만 집집마다 불빛이 켜져 있는 한강 둘레의 아파트들이 눈에 들어오기 시작하면서 영선을 매혹시켰던 장면들은 서서히 사라져버렸다. 매일 한강의 야경을 바라볼 수 있는 저 아파트는 얼마일까, 지극히 현실적인 질문이 떠올랐다.

구글 검색창에 한강 아파트 가격을 쳤다. 곧 호갱노노라는 사이트가 떴다. 아파트 실거래가를 확인할 수 있는 곳이라는 설명과 함께. 영선은 그 앱을 다운받았다.

강남에 있는 한강 아파트들은 평균 15억 정도 했다. 영선은 비현실적인 숫자를 망연자실한 눈으로 내려다보았다. 이번에는 영선이 살고 있는 K시를 검색했다. 바로 주변 지도가 펼쳐졌고 보라색 집 모양의 풍선 위에 가격이 숫자로 써 있었다. 지금 살고 있는 빌라의 위치를 찾아 나섰다. 옅은 회색 선으로 표현되었을 뿐, 집 모양 보라색 풍선도 숫자도 없었다. 이 세상에 존재하지 않는 것처럼, 유령의 도시처럼. 아파트 실거래 가격만 확인되는 곳이니 이해가 되면서도 복잡한 마음이 드는 것은 어쩔 수 없었다. 손가락을 움직여 역 중심 쪽으로 이동했다. 역과 가장 가까운 아파트는 32평이 4억이었고 역에서 멀어질수록 숫자는 작아졌다. 세상은 이미, 가격으로 구분 지어져 있었다.

'아파트, 아파트, 아파트.'

영선은 계속해서 되뇌었다. 혹시 1억 2천만 원의 아파트가 있을까, 찾아보았지만 그런 것은 단지형 아파트가 아닌 5층 이하의, 이름만 아파트일 뿐 빌라와 흡사한 것들이었다.

영선은 앱을 닫고는 거인의 어깨를 떠올렸다. 지금 집의 전세 보증금이 1억 2천만 원이다. 최소 1억 8천만 원이라는 거인의 어깨에 올라타면 3억 원의 아파트를 소유할 수 있을 것이다. 3억, 3억이라니. 억이 붙은 숫자들은 모두 가늠할 수 없을 정도로 비현실적으로 느껴졌다. 영선은 입 안에 쓴 사탕을 물고 녹여 먹듯 천천히 숫자를 음미했다.

알림음과 동시에 메시지가 떴다. 얼마 전 가입한 부동산 카페에서 정회원이 되었다는 내용이었다. 영선은 바로 카페 안으로 들어가 집을 소망하는 사람들의 글을 읽어 내려갔다. 거의 대부분의 질문에 카페 회원들의 댓

글이 달려 있었다.

'나도 고민을 올려보면 어떨까.'

영선은 떨리는 마음으로 Q&A 란에 글을 쓰기 시작했다.

저는 스물아홉 살이고 직장에 다니고 있습니다. 얼마 전 엄마가 돌아가셨어요. 엄마 이름으로 계약한 전세 보증금이 1억 2천입니다. 현재는 동생과 둘이 살고 있어요. 동생은 스물일곱으로 직장 다니고 있고요. 곧 전세 만기가 돌아옵니다. 집주인 아들 부부가 살게 돼서 갱신은 할 수 없고요. 대출을 받아서 아파트로 이사를 가야 하는지, 아니면 지금처럼 전세로 계속 살아가야 하는지, 집을 산다면 빌라를 사는 게 좋은지 아파트를 사는 것이 좋은지… 다른 분들의 의견을 듣고 싶습니다.

글 올리기를 누른 뒤 글이 제대로 게시되었는지 확인했다. 누구라도 댓글을 달아주기를 바라며 카페 앱을 닫았다. 환승역을 안내하는 방송이 흘러나왔다. 영선은 지하철을 갈아타기 위해 문 앞으로 자리를 옮겼다.

환승해서 일곱 정거장을 더 간 뒤 3번 출구로 나와 버스 정류장에 이르렀다. 숨을 내쉬고 고개를 돌리자 불빛이 켜진 아파트가 눈에 들어왔다. 늘 다니던 길이었는데 오늘따라 유독, 아파트가 선명하게 눈에 띄었다. 오르지 못할 나무, 아니 오르지 못할 아파트, 그 말이 가장 먼저 떠올랐다. 영선의 마음은 한없이 무거워졌다. 이런 날은 어김없이 휴 카페에 가야만 했다.

11시에 가까운 시간임에도 카페 안에는 손님이 여러 명 앉아 있었다. 휴 씨는 보이지 않았다. 영선은 몸을 돌려가며 휴 씨를 찾았다. 풍경 소리와 함께 문이 열리고 휴 씨가 카페 안으로 들어왔다.

"영선 씨, 왔어요?"

"어디 갔다 오세요?"

"잠깐, 근처에 집주인이 와서요."

"이 시간에요?"

"급하게 할 얘기가 있다고 하길래……."

영선은 집주인과 어떤 이야기를 했기에 휴 씨의 표정이 침울한 것인지 궁금했다.

"차 주문해요."

휴 씨는 다시 밝아진 얼굴로 말했다. 오늘은 부드럽고 달콤한 맛이 당겼다. 오백 원, 천 원을 아끼기 위해 포기했던 맛을 오늘은 놓치고 싶지 않았다. 영선은 따뜻한 바닐라라테를 주문하며 카드를 내밀었다.

창밖을 볼 수 있는 안쪽 자리에 앉았다. 잠시 뒤, 휴 씨는 맛있게 드시라는 말과 함께 커피를 탁자 위에 놓고 돌아서서 영선과 거리를 두고 앉았다. 영선은 커피를 한 모금 마셨다. 부드러움 속에 달콤함을 머금고 주위의 낯선 사람들을 둘러보았다. 같은 공간에 있지만 각기 다른 시간을 사는 사람들. 누군가는 지금 이 순간, 현재에 충실할 것이고 누군가는 과거의 어떤 날을 기억하고 있으며 누군가는 미래의 어느 날을 상상하고 있겠지.

눈을 감고 흐르는 선율과 가사에 귀를 기울였다. 열기구를 타고 오르는, 자유 여행을 떠나는 이야기였다. 복잡했던 마음은 선율을 따라 가사의 한 장면에 이르렀다. 높은 하늘 위에서 아래를 내려다보면 모두 비슷한 존재라는 이야기. 마음이 차분해지면서 감성적인 마음이 증폭되었다. 영선은 어서, 열기구를 타고 멀리멀리 떠날 수 있길 바랐다.

그런데 오늘은 달랐다. 벗어나기 위해 노력해도 아빠와 엄마가 떠올랐다. 열악했던 시간과 허둥거리며 뛰는 좁은 보폭이. 거인의 어깨에 올라탈 수 없었던, 올라타지 않았던 아빠와 엄마의 선택이.

아빠와 엄마는 누구보다 성실하게 사신 분들이었다. 편히 쉬지 못하고 노동에 시달렸다. 아빠는 좋은 집에서 가족들과 함께 사는 것이 꿈이었다. 엄마도 마찬가지였다. 여느 부모님들처럼 영선과 영우에게 좋은 것을 주기 위해 최선을 다했다. 영선은 커피를 길게 마셨다. 이상하게, 이 달콤함도 감미로운 가사도 위로가 되어주지 않았다. 결국, 커피를 남기고 카페 밖으로 나섰다.

영선은 회사에 출근하여 사무실 의자에 앉자마자 컴퓨터를 켰다. 서랍에 넣어둔 휴대폰에서 알림음이 울렸다. 소리에 놀란 영선은 진동으로 바꾸기 위해 휴대폰을 꺼내 확인했다. 카페에 쓴 게시물에 댓글이 달렸다는 소식이었다. 서둘러 카페 앱을 열었다.

↘ 자매분들이 열심히 살아가는 모습이 그려지네요. 대출받을 때 이자와 원금 상환을 할 수 있는지 꼼꼼히 계산하고 아파트를 매수하는 걸 추천드려요.

↘ 1억을 버는 것보다 1억을 갚는 게 빠르답니다.

↘ 일단은 청약 통장을 만드세요. 아직 젊으니까 결혼한 뒤 청약에 도전하세요.

↘ 나이가 어리고 사회 초년생이니 전세로 살다가 돈을 더 모아서 집을 구매해도 괜찮을 것 같은데요.

여러 댓글을 반복해서 읽었다. 각기 다른 의견은 혼

란만 가중시켰다. Q&A 코너에서 빠져나와 정회원이 읽을 수 있는 칼럼으로 눈길을 돌렸다. 글을 읽어 내려가는데 뒤쪽에서 김 과장의 헛기침 소리가 들려왔다. 영선은 고개를 돌렸다. 김 과장이 눈썹 사이에 힘을 주고는 영선을 내려다보고 있었다. 휴대폰을 얼른 닫았다.

김 과장은 영선의 책상 위에 서류를 놓으며 사람 수만큼 복사해서 나눠주라고 말했다. 영선은 서류를 들고 일어나 복사기 안에 넣고 시작 버튼을 눌렀다. 반복적으로 울리는 기계 소리를 들으며 드문드문 떠오르는 칼럼 내용을 떠올렸다.

- 아파트를 선택할 때는 역세권, 단지는 대단지, 학군 등을 고려해야 한다.
- 강남으로 향하는 노선이 중요하다.
- 부동산은 나의 취향보다 많은 사람들이 원하는 것이 좋은 것이다.
- 경제가 좋을 때도 경제가 나쁠 때도 시중에 돈은 풀린다.
- 자본주의는 모두에게 평등하지 않다.

"영선 씨 지금 복사를 어떻게 하고 있는 거예요?"

김 과장의 날 선 목소리에 놀란 영선은 들고 있던 종이를 놓치고 말았다. 종이는 사방으로 흩어졌다. 김 과장이 혀를 차는 소리를 들으며 황급히 떨어진 종이를 주웠다. 용지를 살피자 앞면이 아닌 뒷면이 복사되고 있었다.

"잠깐 나 좀 봐요."

영선은 김 과장을 따라 회의실 안으로 들어갔다. 김 과장이 붉게 상기된 얼굴로 영선을 돌아보았다.

"이런 식으로 얼렁뚱땅 일을 하고 돈만 받을 셈이에요? 직장 생활도 했던 사람이 어떻게 대학생 알바보다 일이 서툴지?"

영선은 자존심이 상했다. 잘못 나온 복사물은 세 장이었다. 이런 데 불려 와서 혼날 정도로 잘못한 것인지 의구심이 들었다. 감정적으로 자신을 대하는 김 과장의 태도가 부당하다고 생각했다.

"과장님, 제가 잘못한 부분은 인정하는데요. 이런 실수가 자주 있는 것도 아닌데 모든 일을 이런 식으로 해 온 것처럼 말씀하시는 건 납득할 수 없습니다."

김 과장은 기가 막히다는 표정을 짓고는 한숨을 내쉬었다. 같은 자리에서 불안하게 서성이더니 회의실을 나가버렸다. 영선은 두 눈을 질끈 감았다 뜨며 마음을 다독였다. 그리고 회의실에서 나와 사무실 안으로 들어왔다. 분위기가 싸늘한데도 영선은 아랑곳하지 않고 묵묵히, 복사를 해서 직원들에게 나누어주었다. 마지막 복사물을 주 대리 책상 위에 올려놓았을 때, 그녀와 잠시 눈이 마주쳤고 주 대리는 눈빛으로 영선에게 위로를 건넸다.

모두 회의실 안으로 들어오라는 김 과장의 말에 사람들이 일사불란하게 움직였다. 사무실이 조용해졌다. 영선은 영어 단어 수첩을 손바닥 위에 올려놓고 하나씩 외워나갔다.

회의가 끝나고 사무실로 돌아온 사람들이 영선을 힐긋거렸다. 탕비실에서 커피를 타서 나온 김 과장은 영선을 불렀다. 탕비실 안이 더러우니 지금 청소를 하라는 지시를 내렸다. 그 일은 애초에 영선의 업무가 아니었다. 영선은 김 과장이 자신을 애먹이기 위해 이러는 것이라 생각했다.

"과장님, 청소는 제 일이 아닌데요."

"집기 정리도 영선 씨 일이죠."

"정리와 청소는 다르다고 생각하는데요."

김 과장은 실소하듯 허공에 대고 웃음을 날리더니, 자리로 돌아가 앉았다. 철제 서랍을 여닫는 소리가 유난히 크게 들려왔다. 영선은 어디로 가야 할지 몰랐다. 탕비실로 가야 하는지 본인 자리로 돌아가 앉아야 하는지. 망설이던 영선은 결국 탕비실을 택했고 멍하니 서서, 창밖을 내다보았다. 왈칵, 눈물이 솟을 것 같았지만 이를 악물고 참았다. 지금 눈물을 흘리면 지는 것이라 생각했다.

점심시간이 되었고 김 과장은 식사하며 회의 때 못

나눈 이야기를 할 테니 한 명도 빠지지 말라고 당부했다. 마지막으로 주 대리가 사무실에서 나가고 영선은 혼자 남았다. 영선은 생각에 잠겼다. 무엇이 잘못된 것일까. 어째서 김 과장은 자신을 타박하는 것일까.

김 과장은 식충이라는 말을 입에 달고 살았다. 세상에 밥을 축내는 벌레들이 너무 많다고. 또 어느 대학을 나오느냐에 따라서 사람을 판단했다. 좋은 대학을 나오지 않은 것을 노력의 부족이라 생각하는 사람이었다.

영선은 답답함을 견디지 못하고 사무실 밖으로 나와버렸다. 양쪽 귀에 이어폰을 깊숙이 넣고 음악 볼륨을 높였다. 편의점에 들러 따뜻한 두유를 산 뒤, 빨대를 꽂아 두유를 마시며 걸었다. 아무리 몸을 움직여도 음악 볼륨을 높여도 평온을 되찾을 수 없었다. 걸음을 멈추고 하늘을 쳐다보았다. 길 건너에는 주 대리와 함께 갔던 모델하우스가 있었다. 영선의 감정은 복잡했다. 잡을 수 없다는 것을 알면서 억울함 때문에 잡고 싶다는 심정. 영선은 횡단보도를 건너 무작정 계단을 올랐다.

로비 중앙에 설치된 모형을 내려다보았다. 고층 아파트 아래 펼쳐진 공원 같은 단지와 커뮤니티 시설. 많은 사람들이 누리고 싶어 하는 공간, 이 공간에서의 시간은 어떻게 흐를까. 가늠이 되지 않는 시간이었다.

영선에게는 지금 집중할 것이 필요했고 인터넷 카페 안으로 들어가 칼럼을 마저 읽어나갔다.

사람들이 아파트를 원하는 것은 주거 안정성 때문만이 아니다. 아파트가 자산을 불리는 수단이 되기 때문이다. …좋은 입지의 신축 아파트를 분양받는 것은 시세 차익으로 인해 계층 이동 사다리에 올라탈 수 있는 기회를 얻는 것이다. …서울에서의 분양 물량은 점점 귀해질 것이고 서울 땅은 그 자체로 희소가치가 있다. 시간이 지날수록 인플레이션으로 인해 돈의 가치는 하락한다. 시간은 공짜가 아니다. 시간은 돈이다. 돈이 없다면 시간에 투자하라.

시간을 산다는 말은 미래의 돈을 미리 당겨쓴다는 뜻일까. 지금 3천 원 하는 아메리카노는 시간이 지나면 가격이 오른다. 따라서 지금 3천 원의 가치는 미래의 3천 원의 가치와 다르다. 현재 3억의 부동산을 사는 일은 미래의 4억, 5억의 부동산을, 아파트를 사는 것과 같다는 뜻일까.

영선은 그제야 엄마의 청약 통장이 떠올랐고 그에 대해 제대로 알아보기 위해 검색창에 '청약 통장'을 입력했다.

엄마가 가입한 청약 예금 통장은 민영 건설회사에서 분양하는 아파트만 청약이 가능했다. 청약에는 가점제와 추첨제가 있었다. 영선은 가점제에 대해 알아보았다. 가점은 무주택 기간 32점, 부양가족 수 35점, 입주자 저축 가입 기간 17점을 합산해 최대 84점이 부여되고 있었다.

은행 직원의 말대로 엄마의 통장을 상속받는다면 통장 가입 기간 16년이 바로 점수가 된다. 엄마의 청약 통장 안에 있는 4백만 원은 1억 원의 가치가 될 수도 있고 그 이상이 될 수도 있다. 그 얇은 종이 안에 엄마의 시간이 존재하고 있었던 것이다.

영선의 마음은 사정없이 흔들렸다. 갈피를 잡을 수 없었다. 자신을 잡고 흔드는 실체가 무엇인지 알고 싶었다. 그것을 단단히 붙잡고 자신의 바람을 들여다보고 싶었다.

영선은 모델하우스에서 나와 사무실을 향해 걸었다. 머릿속에는 모델하우스에서 본 아파트가 가득 차 있었다. 그때 카톡 알림이 울렸다.

- 영선 씨, 어디에요?
- 모델하우스 앞이요. 주 대리님이랑 같이 왔었던.
- 거긴 왜요?

-답답해서 좀 걸었는데 어느새, 여기까지 왔네요.

영선이 보낸 메시지의 1이 사라지자마자 주 대리로부터 전화가 왔다.

"김 과장은 원래 그런 사람이니 마음 쓰지 말아요."

"알아요. 아는데도, 좀 그래요. 중요한 건 김 과장님 한 명뿐이 아닐 것 같아요. 내가 번듯하지 않으면 어느 때든 어디서든, 김 과장이 계속 나타날 것만 같아요."

"……그럴지도 모르죠."

"주 대리님. 사실은…… 지금 살고 있는 전셋집에서 나가야 해요. 저도 아파트를 매수할 수 있을까요? 주 대리님이 말했던, 거인의 어깨에 올라타면요."

"난 일반적인 걸 얘기한 거예요. 모든 건, 영선 씨 스스로 생각하고 정해야 하고요. 좀 더 알아보고 고민해보세요. 그런 뒤 결정해도 늦지 않을 테니까요."

"알겠어요."

"사무실에서 봐요."

14

퇴근 뒤 영선은 도서관으로 향했다. 3층에 있는 열람실을 가기 위해서는 2층에 있는 종합자료실을 거쳐야 한다. 3층으로 향한 계단 앞에서 잠시, 서성거리다가 종합자료실 안으로 들어갔다.

빈자리에 가방을 내려놓고 서가 사이를 걸었다. 분류번호를 보며 경제 서가를 찾았다. 320번 대 앞에 이르러 책등의 제목을 살폈다. 부동산 관련 제목의 책이 눈에 들어왔다. 영선은 한 권을 뽑아 가방을 둔 자리로 돌아와 앉았다. 책을 읽으며 필요한 부분을 노트에 옮겨 적었다.

사람들은 저녁이 있는 삶을 원한다. 특히 아이를 키우는 맞벌이 부부에게 직주근접은 삶의 질을 좌우하기도 한다. 아이들이 커가면서 자연스럽게 학군도 중요해진다.

일자리가 많은 곳은 서울에서는 강남, 잠실, 여의도, 용산 등 점차 경기 남부 쪽으로 확장되어 간다.

인구가 늘면 자연스럽게 인프라가 늘고 철도 교통망은 확충되어갈 것이다.

인구가 줄면서 지방은 소멸되고, 지방의 젊은 사람들은 일자리를 찾기 위해 움직일 것이고 서울 수도권으로 유입되는 인구는 늘어날 것이다.

영선은 철도 교통망 확충이라는 말에 눈이 갔다. 마침 도서관에서 퇴실을 알리는 음악 소리가 흘러나왔다. 밤 10시였다. 읽던 책을 빌려 집으로 향했다.

집으로 오자마자 식탁 의자에 앉아 노트북을 펼쳤다. 포털 사이트에 '철도 교통망'을 치자 여러 기사가 떴다. 그중에 3차 국가철도망 사업이란 글자가 눈에 들어왔다. '3차 국가철도망 사업'을 검색하자 관련 내용이 떴다.

기사를 읽어가던 영선이 주목한 곳은 수도권 복선 전철과 수도권 광역 급행철도였다. 그 표를 자세히 보았다.

저절로 강남을 통하는 노선에 시선이 갔다. 영선은 지하철 노선도를 펼쳤다. 지하철 2호선과 9호선을 주의 깊게 보았다. 영선과 영우의 직장은 선릉에 있었다. 영선은 선릉을 지나는 2호선과 분당선을 보았다. 청량리역에서 수원역, 인천역까지 이어져 수인분당선이 될 노선이었다. 손가락으로 짚은 뒤 선을 따라 움직였다. 선릉역을 지나 잠실, 정자역을 지나, 오리, 죽전으로 이어졌다. 영선은 호갱노노에 들어가 그 노선을 따라 아파트 실거래 가격을 살폈다.

영선의 눈에 들어온 곳은 오리역 부근의 20평짜리 소형 아파트였다. 1996년에 지어진 약 천 세대의 구축 아파트로 계단식이었다. 방 두 개, 거실에 붙은 부엌, 실거래가 3억 중반이었다. 만약 이 아파트를 매수한다면 2억

이상의 대출이 필요하다. 2억이라는 거인의 어깨에 올라타야 한다.

영선은 일어나 베란다에 가까이 다가섰다. 창문을 열자 겨울바람이 얼굴을 감쌌다. 차가운 공기로 머리를 정화하려는 듯 숨을 들이마셨다. 엉켜 있던 머릿속이 느슨해지자 다시 식탁 앞에 앉았다.

이번에는 대출을 알아보기로 했다. 기사를 찾아보다가 지난 8월 2일과 9월에 발표한 규제로 인해 대출에 제한이 생겼음을 알았다. 신청자가 30대 미만 미혼인 경우 연봉 7000만 원 미만이어야 했다. 그 조건에 해당한다면 6억 이하의 집에 대해서는 보금자리대출이 가능했다. 이 대출은 이자가 은행보다 저렴한 데 비해, 다른 주택 구입 시 대출을 받을 수 없다는 단점이 있었다.

영선은 네이버로 들어가 대출 이자 계산기를 검색했다. 계산기가 뜨자 칸에 숫자를 입력했다. 보금자리대출을 2억 원 받고 30년 상환으로 했을 때 매달 얼마의 이자와 원금 상환이 필요한지 계산해보았다.

주택을 취득하게 되면, 부가 비용도 발생한다. 취득세와 보유세. 그 돈을 지불하면서 사람들이 아파트를 사는 이유는 나가는 돈보다 쌓이는 이익이 크기 때문일 것이다.

영선은 고개를 돌렸다. 어둠이 깃든 검은 창에 얼굴

이 비쳤다. 무감한 눈빛으로 그 얼굴을 바라보았다. 가슴이 두근거렸다. 심장이 뛰는 이유는 마음에 스민 두려움 때문이다. 영선이 가려는 세계는 피부에 와닿지 않은 신기루 같은 세상이다. 지금 나아가고자 하는 길이, 방향이 옳은 선택일까. 여전히 복잡했고 마음을 어디에 두어야 할지 알 수 없었다.

15

영선은 그렇게 혼란스러움으로 가득 찬 일주일을 보냈다.

16

김 과장은 오늘 저녁, 회식이 있으니 모두 참석하라고 아침부터 단단히 일러두었다. 6시가 되자마자 하던 일을 마무리하고, 건물 뒤편에 있는 회식 장소로 오라는 말을 던져놓고 사무실을 빠져나갔다.

회식을 원하는 사람보다 그렇지 않은 경우가 많았지만 자기 의견을 분명히 말할 수 없는 분위기 때문에 모두 회식에 참석했다. 영선은 자신과는 상관없는 일인

듯, 책상을 정리하고 있는데 주 대리로부터 톡이 왔다.

  ─영선 씨, 오늘 회식 참석 어때요? 지난번 김 과장 일
도 있고요.

  선뜻 싫다는 말을 할 수 없었다. 그 일 이후, 김 과장
은 영선에게 직접적으로 일을 시키지 않았다. 다른 사
람을 통해 의사를 전달했다. 영선은 알고 있었지만 모
른 척 지냈다. 하지만 더 이상 관계를 흐트리고 싶지 않
았다. 아무튼 이곳은 영선의 밥줄이 되어주는 곳이니까.
영선은 조금 망설이다가 주 대리에게 참석하겠다는 문
자를 보내고 점퍼를 입었다.

  사람들의 시선은 가게 안으로 들어선 영선에게 향했
다. 자신을 향한 그들의 눈빛을 일일이 확인하지는 않았
지만 의아해하는 눈길이라는 걸 예상할 수 있었다. 김
과장이 영선을 힐끔 쳐다보았다. 영선은 묵례하듯 인사
하고는 맨 끝자리에 앉았다. 영선 앞에는 주 대리가 앉
아 있었다. 주 대리는 구워진 고기를 은근슬쩍 영선 앞
으로 밀어놓고 영선은 눈빛으로 고마움을 전하고는
조심스레 먹기 시작했다. 분위기가 무르익을수록 삼삼
오오 짝을 이뤄 이야기를 나누었고, 영선은 있는 듯 없

는 듯 조용히 젓가락질을 했다.

주 대리 옆에 앉은 이가 주 대리에게 술을 권했다. 영선은 주 대리와 눈이 마주쳤다. 주 대리는 술을 사양하며 둘째 임신 사실을 알렸다. 사람들은 전혀 몰랐다는 표정을 지었다. 누군가의 축하한다는 말을 시작으로 차례로 그 말이 이어졌다. 마지막으로 김 과장이 입을 열었다.

"요즘 같은 시대에 아이 갖는 거 무척 어려운 일인데, 큰 결정 했네. 암튼 축하해."

김 과장의 말 한마디로 일순간 정적이 돌았다. 영선은 김 과장 쪽으로 살짝 고개를 기울였다. 김과장은 무슨 말을 더 하려는 듯 입술에 힘을 주었다가 목구멍으로 술을 넘겼다. 영선은 일에 지장 없게 몸 관리 잘하라는 말을 하려 했을 것이라 여겼다. 김 과장은 그런 말을 하고도 남을 사람일 테니.

주 대리는 앞에 놓인 컵에 사이다를 따랐다. 잠시 가라앉았던 분위기는 최근 아파트를 매수한 김 과장의 이야기로 이어졌다. 대출을 받아 집을 샀는데 이제 대출금 갚는 인생이 시작되었다고. 그러면서 은근히, 자기가 사는 지역이 서울에서도 용산이라는 말을 흘렸다. 사람들은 너도 나도 김 과장에게 축하한다는 말을 전했다.

영선은 오고 가는 이야기에 집중했다. 대학에도 서열이 정해져 있듯 사는 곳 역시 마찬가지였다. 같은 서울이라도 어디에 있는 아파트에 사느냐에 따라 계급이 정해지고 그 사람의 신분이 결정되었다. 영선은 이곳에서 자신이 설 자리는 없다고 생각했다.

사이다를 홀짝이는 주 대리를 바라보았다. 둘은 얼른 회식이 끝나기를 바라는 눈빛을 주고받았다. 그 틈에 누군가, 휴거라는 말이 무슨 뜻인지 아느냐고 물었다. 휴 먼시아 거지라는, 다른 이의 목소리가 영선의 귀에 닿았다. E시에 있는 임대 아파트 휴먼시아에 사는 아이들을 주변 아파트에 사는 아이들이 휴거라고 부른다는 것이다. 그 이야기에 모든 사람들이 경악했다. 아이들이 어떻게 그런 말을 할 수 있느냐는 누군가의 말에 그게 다 어른들이 하는 소리를 듣고 하는 이야기라고, 모든 것은 어른들의 탓이라 했다.

영선은 어릴 때 살았던 복도식 아파트를 떠올렸다. 아이들은 영선이 살고 있는 단지에 오지 않았다. 영선이 몰랐을 뿐, 그때도 이러한 이야기가 사람들 사이에서 떠돌았을지도 몰랐다. 그 말은 소멸될 틈 없이 입과 입을 통해 지금에 이르렀을 것이다. 아빠와 엄마 생각이 났다. 그들은 좀처럼 영선에게서 벗어나지 않았다.

영선은 회식에 온 것을 후회하지는 않았지만 계속 있을 이유는 없다고 생각했다. 누구도 영선에게 직접적인 상처를 주지는 않았는데 어째서 영선의 마음에는 늘 생채기가 남는 것일까. 영선은 이곳과 무관한 시간이 흐르는 휴 카페를 떠올렸다.

식사가 끝이 나자 모두 가게 밖으로 나왔다. 집으로 가고 싶은 마음이 직원들 표정에 드러나 있는데도 김 과장은 2차를 가자며 비척거리며 골목 안으로 들어갔고 사람들은 쭈뼛쭈뼛 김과장의 뒤를 따랐다. 영선은 슬그머니 뒤로 물러서서 지하철 쪽으로 발길을 옮겼다.

터벅터벅 계단을 밟으며 지하철 역사 안으로 내려가는데 뒤에서 영선을 부르는 목소리가 들려왔다. 영선은 멈춰 서서 몸을 돌렸다. 주 대리가 계단을 내려오고 있었다.

"왜 나왔어요?"

"영선 씨 그렇게 가는 게 좀 그래서요. 배 속에 있는 요 녀석 핑계 좀 댔어요."

"괜찮은데요, 전."

"괜찮긴요. 나한테까지 숨기지 마요. 미안해요. 내가 오지랖을……."

"싫었으면 저도 안 왔죠. 어쩔 수 없잖아요. 제가 을이니까요."

둘은 말없이 계단을 밟아 내려가 개찰구를 통과했다. 주 대리는 갑자기 멈춰 서서 영선을 마주 보았다.

"영선 씨 오늘 그 카페 가는 거 아니에요?"

"어떻게 아셨어요?"

영선이 어색하게 웃으며 물었다.

"저도 데려가요."

"지금요? 일찍 가셔야 하는 거 아니에요?"

"남편이랑 엄마한테는 미안하지만 육아 땡땡이 하죠."

영선은 고개를 갸웃거리며 웃음으로 이 상황을 넘겼다. 그리고 둘은 같은 방향의 지하철을 탔다.

주 대리는 미소 띤 얼굴로 카페를 둘러보았다.

"영선 씨, 이런 데 좋아하는군요. 빈티지 느낌이 물씬 나네요. 의자 모양이 다 다른데도 뭔가 질서 같은 게 있는 것 같고요."

"그렇죠."

주위를 살피던 주 대리는 노래 우편함 앞으로 다가섰다.

"이건 뭐예요?"

"듣고 싶은 노래랑 가수 이름을 적어서 함에 넣으면 틀어줘요."

"재밌네요."

"대리님도 신청해보세요."

"그럴까요?"

주 대리는 펜을 쥐고 고민하더니 이내 아무것도 생각이 나지 않는다며 영선에게 펜을 돌려주었다. 영선은 잠시 생각에 잠겼다. 아직 곁에 있는 듯한 엄마와 아빠 생각을 하며 이문세의 〈소녀〉라고 적어 우편함 안에 넣었다. 그리고 휴 씨의 흔적을 찾았다. 이렇게 오랜 시간 가게를 비운 적이 없었다.

"카페 사장님은 어디 계시죠?"

주 대리가 카페 안을 살피며 물었다.

"잠깐 자리를 비웠나 봐요. 저기 가서 앉아요. 기다리면 오시겠죠."

영선과 주 대리는 가장 안쪽 테이블에 마주 앉았다. 문이 열리고 휴 씨가 안으로 들어왔다. 영선과 휴 씨의 눈이 마주쳤다. 영선은 휴 씨의 눈빛이 다른 때와 확연히 다르다고 느끼며 지난번, 침울했던 표정을 기억했다.

"영선 씨 왔어요?"

주 대리가 몸을 돌려 휴 씨를 바라보았다.

"일행분이 계셨네요."

주 대리는 웃으면서 휴 씨에게 짧은 인사를 건넸다.

"어디 다녀오세요?"

"네. 잠깐."

휴 씨가 계산대 앞에 서는 동안, 영선이 주 대리에게 말을 걸었다.

"여기까지 오셨으니까, 제가 살게요. 뭐 드실래요?"

"따뜻한 레몬티 마실게요. 고마워요."

영선은 주문대에 다가가 카드를 내밀며 아메리카노 한 잔과 레몬티를 주문했다. 휴 씨가 계산하는 동안 무연히 문 쪽으로 몸을 돌렸다. 밖에 'CLOSED'라는 팻말이 걸려 있었다.

"문 닫는 거예요?"

영선이 조심스레 물었다.

"그러려고요. 영선 씨랑 친구분은 괜찮으니까, 편히 있다 가요."

영선은 자리로 돌아와 앉았다. 잠시 뒤, 휴 씨가 탁자 위에 따뜻한 아메리카노와 레몬티를 내려놓고 돌아섰다. 휴 씨는 미소를 짓고 있었지만 어딘지, 표정이 어색했다. 영선은 휴 씨가 계속 신경이 쓰여 주 대리와 함께 있는데도 시선과 신경이 분산되었다. 휴 씨는 창밖을 응시하고 있었다. 주 대리는 집중하지 못하는 영선을 파악하고는 조심스럽게 말문을 열었다.

"분위기가 좀 이상해요."

주 대리가 속삭이듯 말했다.

"네?"

"카페 사장님이요. 무슨 일 있는 거 맞죠?"

"글쎄요. 평소와 좀 다르긴 해요."

주 대리는 고개를 한 번 끄덕이고는 레몬티를 마셨다.

"달지 않고 좋네요."

영선이 흐르는 음악에 귀를 기울이며 차를 마시는 동안 주 대리는 카페 안의 소품들로 눈길을 돌렸다.

"여기 있는 물건들은 모두 어디서 난 걸까요?"

"휴 씨가 직접 발품 팔아서 구한 거라고 했어요. 이 카페를 열기 전 강원도에서 몇 년 지냈는데 거기서 가져온 것도 있다고 들었어요."

"낡은 듯한데, 촌스럽지는 않네요."

"여기 물건들도 휴 씨랑 닮았다고 생각했어요. 그 사람이 사는 공간을 보면 어떤 사람인지 알 수 있잖아요."

"그 말은 이곳을 좋아하는 영선 씨도 휴 씨라는 분과 닮았다는 거겠죠?"

"그게 그렇게 되나요?"

"내가 호텔방을 찾는 이유와는 다르겠지만 어쨌든 누구든 자기만의 공간이 필요한 거 같아요. 집중하거나, 쉬거나, 가끔은 도피할 수 있는……."

그때 'CLOSED'라는 팻말이 흔들리며 문이 열리고 나이가 지긋해 보이는 70대 여자가 카페 안으로 들어왔다. 휴 씨는 그녀를 보자마자 자리에서 일어나 어서 오시라고 말했다. 차를 드시겠냐는 물음에 여자는 괜찮다고 말하며 휴 씨와 마주 보며 자리에 앉았다. 영선은 그녀의 얼굴이 눈에 익다고 생각했다.

영선은 시간이 지나서야 저분이 이 주택의 주인이라는 사실이 떠올랐다. 일주일에 한 번 함께 와서 차를 마시고 간다는 노부부 중 한 명이었다. 휴 씨와 집주인의 대화가 이어졌다.

영선과 주 대리는 의도치 않게 그들의 대화를 들을 수 있었고 휴 카페의 상황을 짐작할 수 있었다. 이 단독 주택을 사려는 사람이 나타난 것이다. 새 주인은 이 집과 옆의 주택을 사서, 허물고 다세대 주택을 짓고 싶어 했다. 그리고 휴 씨가 이곳에서 나가기를 바라고 있었다.

잠시 뒤 여자는 일어나 카페를 나갔고 휴 씨는 그녀의 등에 안녕히 가시라는 말을 건넸다. 휴 씨는 영선 쪽으로 고개를 돌렸다. 영선과 휴 씨의 눈이 마주쳤다. 둘은 아무 말없이 서로의 눈을 바라보았다. 휴 씨의 얼굴에 그늘이 져 있었다. 낯선 표정이었다. 주 대리는 영선과 카페 사장에게서 한 발짝 물러선 듯 조용히 레몬티를 마셨다.

"친구가 필요하세요?"

"아뇨. 괜찮아요."

영선의 질문에 휴 씨는 억지웃음을 지으며 말했다.

"아무래도 그만 가는 게 좋겠어요."

영선은 주 대리에게 작은 목소리로 말을 건넸다. 둘은 자리에서 일어나 겉옷을 입고 카페 밖으로 나왔다. 살을 엘 듯한 바람이 목 틈으로 파고들었다. 점퍼를 올려 목을 여미어도 바람은 어떻게 해서든지 틈을 찾아내 비집고 들어와 살갗에 닿았다. 영선은 걸음을 멈추고 뒤를 돌아 자그마한 이 층 주택을 쳐다보았다. 주 대리도 영선의 시선을 따랐다.

"집주인이, 저 집을 팔려는 거죠?"

주 대리의 목소리는 서늘했다.

"그런 것 같아요. 휴 씨는 어떻게 되는 거죠? 예전에 듣기론 집주인이 가게를 오래 할 수 있게 해준다고 했었는데."

"자기 이익이 먼저니까요. 누구나 마찬가지 아니겠어요?"

영선의 얼굴은 일그러졌다.

'알아요. 돈 앞에서 현실이 얼마나 냉정한지. 잘 알고 있어요.'

그 얼굴을 주 대리가 가만한 눈으로 바라보았다.

"그때 전화로 말한 건……."

"집이요?"

주 대리는 고개를 끄덕였다.

140

"아직, 결정 못 했어요."

영선은 한기가 느껴져 몸을 움츠렸다.

주 대리와 헤어지고 집으로 돌아온 영선은 신발을 벗으며 영우의 운동화를 확인했다. 거실로 들어와서야 불을 켰다. 영선의 기척을 느낀 영우가 방문을 열고 고개를 내밀었다.

"도서관에서 오는 중이야?"

"아니. 오늘은 일이 있었어."

"저녁은 먹었지?"

"응."

방으로 들어오자 피곤이 몰려들어 영선은 그 자리에 주저앉아 버렸다. 휴 씨의 마지막 표정이 잊히지 않았다. 그녀는 언제나 밝고 씩씩했다. 하지만 오늘은 아끼던 것을 잃어버린 것처럼 망연자실한 얼굴이었다. 연락처라도 안다면 문자라도 보내 상황을 물어볼 수 있을 텐데. 정말 휴 씨는 떠나야 하는 걸까. 그 집 이 층에서 살고 있다고 들었는데 카페뿐만 아니라 사는 곳까지 옮겨야 하나. 휴 씨는 언제나 그 자리에 있는 사람이라고 생각했다. 카페가 사라지고 휴 씨가 떠난다는 생각은 한 번도 해본 적이 없었다.

영선은 옷을 갈아입고 매트리스 위에 누웠다. 이불을 목 위까지 올려 덮고는 방을 찬찬히 둘러보았다. 엄마의 모든 기억이 남아 있는 이 집도, 힘듦을 견딜 수 있었던 휴 카페도 없다고 생각하니 도무지 마음을 잡을 수가 없었다. 몇 번을 반복해도 헤어지는 것은 익숙하지 않았다.

눈을 감았다. 감은 눈 속에서 휴 씨의 모습이 아른거렸다. 영선은 꿈틀거리고 있는 지금의 감정을 더듬어보았다. 불안이었다. 부모님이 그랬던 것처럼 자신도 원하지 않는 방향을 선택할 수밖에 없는 현실 앞에 놓일까 봐. 지금보다 더 도태될까 봐. 세상 밖으로 밀려날까 봐. 화가 나고 허탈하고 쓸쓸하고 서글펐다.

이 세계를 벗어날 수 없다면 적응해서 살아야 하는 건가. 머뭇거리다가 기회를 놓치는 것은 아닐까. 서둘러 돌파구를 찾아야 하는 건 아닌가. 거인의 어깨에 올라타야 하는 것인가. 분명 휴 씨의 걱정이 시작이었는데 지금은 자신의 거처와 안위에 몰두하고 있었다. 영선은 진짜 마음을 알고 싶었다.

옷을 걸쳐 입고 밖으로 나왔다. 큰길까지 뛰어나와 무작정 택시를 잡아탔다. 택시 기사에게 가장 가까운 한

강으로 가달라고 말했다. 얼마 뒤, 휴대폰 벨이 울렸다. 영우였다. 망설이던 영선은 전화를 받지 않았다.

"도착했는데 안으로 더 들어가요?"

기사의 말에 영선은 여기서 내리면 된다고 말한 뒤, 깊은 밤 속으로 걸어 들어갔다.

영선이 마주한 것은 어둠과 바람뿐이었다. 앞이 보이지 않는 두터운 절망 앞에서 아랑곳하지 않고 앞으로 걸어나가 한강을 바라봤다. 출렁이는 거대한 물의 표면을 주시했다. 물은 흐르고 꿈틀거리며 살아 있음을 증명하고 있었다. 물의 생명체를 아름답게 하는 것은 도시의 빛이었다.

영선은 좋은 것, 많은 사람이 바라는 것은 자신의 것이 아니라고 단정 지었다. 과욕이라 생각했기에 미리 놓아버렸다. 원한 적이 없기 때문이 아니다. 포기하지 않으면 견딜 수 없었기 때문이었다. 영선도 평범한 일상을 갖고 싶었다. 한 달에 두 번, 아니 한 번 정도는 외식을 하고 여름에는 에어컨을 켤 수 있고 겨울에도 얇은 옷을 입고 걱정 없이 집 안에 있고 싶었다. 친구들을 만나면서도 머릿속으로 돈 계산하지 않고, 사랑을 느끼고 그 마음을 서슴없이 고백하고, 가정을 이루고 편안한 일상을 사는 일. 영선이 바란 것은 결코 특별한 삶이 아니었다. 노력하면 가질 수 있는 미래를 바랐을 뿐이다. 하지만 아무리 달려도 가난한 현실은 끝이 보이지 않고 자신 감은 상실되어갔다.

영선은 한강을 둘러 서 있는 고층 아파트를 바라보았다. 허공에서 화려하게 변신한 자본. 몸에 빛을 달고 있는 거인, 거인의 어깨에 올라타면 가능하다고 했다. 영선은 저 눈부신 어깨에 올라타 성큼성큼 앞으로 나아가고 싶었다.

19

여느 날처럼 영우는 6시에 일어나 욕실로 들어갔다. 씻고 나와 거실 벽에 있는 시계를 확인했다. 6시 30분. 영선의 방문은 닫혀 있었다. 이 시간까지 잠잠한 영선이 이상해 노크를 했다. 대답이 없자 조심스레 문을 열었다.

"언니, 출근 안 해?"

어두운 방에서 영선의 신음 소리가 들려왔다. 영우는 불을 켜고 영선에게 다가갔다.

"언니, 언니?"

영우는 영선의 어깨를 흔들었다. 영선은 꼼짝하지 않았다. 얇게 벌어진 입 사이에서 미지근한 숨이 새어 나왔다. 영우는 영선의 이마를 짚었다. 뜨거웠다.

영우의 온기를 느낀 영선은 무거운 눈꺼풀을 밀어 올렸다.

"도대체 어젯밤에 어디 갔다 왔길래 이래? 전화해도 안 받고."

"미안."

영선의 목소리엔 힘이 없었다.

"약 먼저 먹자. 언니."

영우는 부엌에서 해열제와 감기몸살약과 물을 챙겨와 영선의 입 안에 넣어주었다.

"회사에는 내가 전화할게. 일단 푹 자. 일어나서 병원에 꼭 가고."

"알았어. 고마워."

영선은 눈을 감자마자 그대로 잠이 들었다.

눈을 떴을 때, 창밖은 어두컴컴했다. 시간을 확인하기 위해 휴대폰을 확인하자 전원이 꺼져 있었다. 벽에 걸려 있는 시곗바늘은 오후 6시를 가리키고 있었다. 영선은 엉덩이를 뒤로 밀며 몸을 일으켰다. 다행히 아침보다 좋아졌다. 조금씩 허기가 밀려들었다. 거실로 나와 불을 켠 뒤 휴대폰 전원을 켜고 충전기에 꽂아 두었다. 냄비에 물을 담아놓고 햇반을 꺼내 봉지를 뜯어 밥을 냄비 안에 넣었다. 가스레인지 위에 올려놓고 불을 켰다. 휴대

145

폰에서 벨이 울렸다. 영우였다. 영선은 전화를 받았다.

"언니 몸은 어때?"

"괜찮아."

"죽 사서 갈까?"

"아니야. 지금 만들고 있어. 내 걱정 말고. 괜찮으니까 일 보고 와."

영선은 전화를 끊었다. 가스레인지 위에 올려놓았던 냄비를 저어주자, 죽이 완성되었다. 식탁에 앉아 죽을 먹다가 휴 씨의 그늘진 얼굴이 떠올랐다. 이대로 있을 수 없었다. 방으로 들어가 점퍼를 걸쳐 입고 밖으로 나와 휴 카페로 향했다.

영선은 유리창을 통해 휴 카페를 들여다보았다. 어제는 없던 크리스마스 가렌다가 유리창에 걸려 있었다. 여러 가지 모양의 나뭇가지를 겹쳐 만든 가렌다 사이에 솔방울과 빨간 털실 오브제가 매달려 있었다. 새벽에 집 뒤편에 있는 야트막한 산에 올라 땅에 떨어진 나뭇가지를 모아서 만들며 힘든 마음을 견디었을 휴 씨의 심정을, 영선은 더듬어나갔다.

"영선 씨?"

익숙한 목소리에 영선은 몸을 돌렸다. 놀란 눈으로 주 대리를 바라보았다.

"대리님이 왜 여기 계세요?"

"걱정돼서 문자랑 전화 몇 번 했어요. 답도 없고 해서 여기라도 와봤죠."

영선은 그제야 점퍼 주머니에서 휴대폰을 꺼냈다. 부재중 전화와 문자가 쌓여 있었다.

"죄송해요. 몰랐어요."

"두 분, 여기서 뭐 하세요? 오셨으면 들어오지 않고요."

영선과 주 대리는 동시에 카페 문 쪽으로 고개를 돌렸다. 휴 씨가 문 앞에 서 있었다.

영선과 주 대리는 자리에 앉았다. 휴 씨는 들고 있던 쟁반을 내려놓았다. 쟁반 위에는 레몬티와 페퍼민트 차 두 잔, 그리고 마들렌이 담긴 접시가 놓였다. 영선은 마들렌을 내려다보았다.

"오늘은 쿠키가 아니네요. 이 빵은 조개를 닮았어요."

"마들렌이에요. 얼마 전에 『잃어버린 시간을 찾아서』라는 책을 읽었어요. 그 책의 주인공이 마들렌을 먹으면서 소년기 때 잊었던 기억을 찾거든요. 아침에 떠올라서 만들어봤어요."

"무슨 기억을 찾았는데요?"

휴 씨는 말없이 빙그레 웃었다.

"그러고 보니, 테이블이랑 의자 위치가 좀 바뀌었네요."

주 대리가 물었다.

"잠이 오지 않아서 청소도 하고 위치 변화 좀 줬어요."

주 대리는 마들렌을 한 입 베어 먹었다. 촉촉하고 부드러웠다. 지금 휴 씨의 표정처럼. 주 대리는 어젯밤 일을 생각하며 오늘, 여유로워 보이는 휴 씨가 신기하기만 했다.

"얼굴이 상해 보여요. 영선 씨."

"영선 씨 아파서 오늘 출근 못 했어요."

휴 씨의 질문에 주 대리가 대답했다.

"아프면 쉬지 여기는 왜 왔어요?"

"걱정돼서요."

같은 자세를 유지하던 영선은 고개를 들고는 말문을 열었다.

"힘들거나 도망치고 싶을 때, 여기 와서 위안을 받았어요. 이 카페는 많은 사람의 시간이 섞여 있는 곳 같았어요. 사람들의 사연이 담긴 듯한 노래를 들으며 상상했어요. 누가 신청한 노래일까. 저 노래에는 어떤 기억이 담겨 있을까. 이 노래를 듣는 사람은 그 순간 시간 여행을 한 것처럼 그때의 감정 속에 빠져 있겠지……. 저

뿐만 아니라, 저랑 같은 마음으로 카페를 찾는 사람들이 많았을 거예요. 여기마저 사라지면 이제 어디로 가야 하나……."

휴 씨는 말간 눈으로 영선을 바라보았다.

"막연히 휴 씨가 살아온 시간과 무관하지 않을 것이라 생각했어요. 휴 씨가 중요하게, 소중하게 여기는 것들이 이 공간에 스며들어 있기 때문이라고. 궁금했어요. 무엇이 휴 씨를 그렇게 만들었을까. 휴 씨의 시간은 어떻게 세상의 속도와 다르게 흐를 수 있는 건가. 처음부터 현실과 무관한 길을 걸어왔기 때문이 아닐까……. 휴 씨에 대한 걱정과 카페가 사라질지 모른다는 생각에 겁이 났어요. 그런데 어느 순간, 내가 내 생각만 하고 있더라고요. 이런 내가 너무 싫어서."

휴 씨와 주 대리는 조용히 영선의 이야기를 들었다.

휴 씨는 말을 아끼려는 듯, 잠시 고개를 숙였다. 고개를 들고 의미심장한 표정을 짓더니 입을 열었다. 영선과 주 대리는 그녀의 이야기에 귀를 기울였다.

휴 씨는 2003년 결혼했다. 결혼 전 남편과 신혼집을 구하기 위해 주말에는 하루 종일 집을 보러 다녔다. 직장과 가까운 서울에 전세 자금 대출을 받아 아파트를 구했다. 두 사람이 3년 동안 모은 돈은 1억이었다. 계속되는 부동산값의 폭등 상황에서 부부는 불안했다.

휴 씨 부부는 2006년 상반기에 주택 담보 대출을 받고 지인들에게도 돈을 빌려 용인에 있는 5억 원의 아파트를 매수했다.

그녀와 남편 수입의 상당 부분이 대출 이자를 갚는 데 들어갔다. 부부는 얼굴 볼 새도 없이 일했다. 자산 증식이 보장된 미래를 위해서라면 현재는 충분히 견딜 만한 가치가 있다고 믿었다. 아파트 가격이 오를 때는 어떠한 희생도 감당할 수 있었던 부부의 정신력은 아파트 가격의 하락 앞에서 붕괴되기 시작했다.

5억이었던 집값이 4억으로 떨어진 뒤, 은행에서는 대출금의 원금 상황을 종용했다. 그녀와 남편은 아파트를 팔 수밖에 없었다. 부부의 자본금이었던 1억은 허망하게 사라졌다.

부부는 지금의 상태를 서로의 탓으로 돌리며 매일 다투었다. 6개월 동안 서로를 헐뜯으며 감정의 밑바닥을 보여주었다. 그리고 2011년 여름, 이혼했다. 휴 씨는 자신의 인생은 나락으로 떨어졌으며 모든 게 끝나버렸다고 생각했다. 그녀의 몸과 마음은 피폐해졌다. 결국 서울 생활을 정리하고 어머니가 혼자 살고 있는 강원도로 돌아갔다. 그녀는 그곳에서도 무기력한 일상을 보냈다.

시간은 흘러 가을과 겨울을 지나 봄이 다가오고 있었다. 어머니는 그녀를 억지로 데리고 나갔다. 뒷산에는 장뇌삼이 자라고 있었다. 어머니는 그녀의 손에 호미를 쥐여주었다. 그녀가 구멍을 파면 어머니는 어린 삼의 뿌리를 구멍에 넣고 흙을 덮었다.

"이렇게 심어놓고 시간을 견디다 보면 어느 순간 성큼 자라 있더라."

어머니는 그 말뿐이었다.

그녀는 매일 새벽 5시에 일어나 땅을 파고 물을 주고 잡초를 뽑았다. 고된 노동이었지만 어느 순간이 지나면 머리가 맑아지는 것을 경험했다. 힘든 노동으로 지친 휴 씨는 깊은 잠을 잤고 새벽에 일어나 몸을 움직였다. 장뇌삼과 더불어 작물을 심고 밭을 갈고 씨앗을 심고 꽃을 피우고 열매를 거두어 팔았다.

휴 씨의 몸은 자연의 시간에 적응되어갔다. 태양이 뜨면 잠에서 깨어나고 밤이 되면 잠이 들었다. 자연은 욕심이 없었다. 그저 맡은 바 역할을 다할 뿐이다. 순리대로 꽃을 피우고 열매를 맺고 씨를 세상에 떠나보냈다. 휴 씨는 달의 기울기와 바뀌는 별자리를 바라보며 인간의 유한함을 받아들이고 겸손해질 수 있었다. 조금씩 지난 시간을 되돌아볼 여유가 생겼다.

휴 씨는 종종 헤어짐에 대해 생각했다. 대부분의 것들과 이별을 해왔다. 자신의 의지대로 멀어지거나 놓아버린 것도 있었지만 어느 순간 떠나간 것들도 있었다. 그 과정을 인정하며 얻은 것과 잃은 것이 있었다.

2013년 9월, 아침저녁으로 서늘한 바람이 불기 시작했다. 휴 씨는 읍내에 나갔다가 옹기종기 모여 있는 단층집들의 골목을 걸었다. 어딘가에서 흘러들어온 커피향을 맡았다. 콘크리트 가득한 도시에서 맡을 수 있는 향기였고 고등학교 때부터 서울 생활을 했던 그녀였기에 그 냄새는 향수를 불러일으켰다. 그녀는 그 향기를 따라 걸었다.

작은 찻집이 눈에 들어와 망설임 없이 안으로 들어갔다. 찻집 주인은 생원두를 직접 로스팅해서 커피를 팔았다. 휴 씨는 오랜만에 커피를 마셨다. 그 맛으로 인해 잠자고 있던 미각이 깨어났다. 휴 씨는 좀처럼 가시지 않는 맛과 향기를 찾아 일주일에 두세 번은 읍내를 방문했고 골목을 걷고 커피를 음미했다.

겨울이 오면 강원도의 밤은 길고 깊고 고요해졌다. 그 시간을 풍성하게 할 무엇인가가 필요했다. 커피를 배우기 시작했고 빵을 구웠다. 기타를 샀고 독학으로 익혔다. 그 찻집에서 노래를 불렀다. 순간순간 다가오는 감정을 느끼며. 미래를 저당 잡혀 현재를 희생시키는 삶을 반복하고 싶지 않았다. 자신이 경험한 시간이 사람들의 마음에 가닿을 수 있는 공간을 꿈꾸게 되었다.

다시 서울로 돌아가겠다는 휴 씨의 말에 어머니는 휴 씨의 손을 꼭 잡으며 말했다. 언제든 돌아오고 싶을 때 오라고, 너를 품어줄 공간이 여기, 기다리고 있다고.

2016년 봄, 휴 씨는 강원도를 떠나 다시 서울로 왔다.

서울의 시간은 강원도와 다르게 흘렀다. 그녀는 자신이 머물 곳을, 자신이 바라는 시간의 속도가 흐르는 공간을 찾아 나섰다.

"서울을 구석구석 다녔죠. 내가 직접 커피를 만들고 오래 머물 수 있는 공간을 찾고 싶었거든요. 그렇게 이곳으로 오게 됐어요. 이 작은 주택을 보자마자 마음에 들었어요. 이 집을 품고 있는 작은 숲이 좋았어요. 여기서라면 계절에 따라 변화하는 숲의 시간과 함께할 수 있겠구나. 봄과 여름 가을 겨울을 따라 살아나고 풍성해지고 사라지는 시간을 받아들이면서 다시 시작할 수 있겠구나."

"지금은 휴 씨에게 어떤 시간인 거죠?"

영선이 물었다.

"겨울. 봄이 오길 기다리는 겨울이요."

휴 씨의 이야기는 도시의 소음 속에서 발견한 노래

같았다.

"두 달 동안 셀프 인테리어를 해서 만들었어요. 이곳에서 오래오래 카페를 하고 싶었는데……."

휴 씨는 애정 어린 눈으로 카페를 둘러보았다.

"아파트를 사고 싶지는 않았어요?"

주 대리가 조심스럽게 물었다.

휴 씨는 커피를 한 모금 마시고는 말을 이어갔다.

"서울에 돌아왔을 때, 부동산 시장은 한차례 폭풍이 지나고 잔잔해진 상태였어요. 가장 먼저 남산에 올라가 서울을 내려다보았어요. 망망대해를 내려다보는 심정이었어요. 서서히 파도가 일고 있었죠. 가게 자리와 집을 알아보러 다니면서 알았어요. 오름세가 있더라고요. 그런데 그걸 선택하면 내가 원하는 시간을 포기해야 해요. 무엇보다 난 현재를 놓치고 싶지 않았어요. 그래서 여길 선택했죠."

"전 휴 씨가 상처받지 않고 이곳에서 오래도록 머물기를 바랐어요. 그건 휴 씨를 위한 것이기도 하면서 날 위한 바람이기도 했고요."

영선이 말했다.

"어디든, 다른 곳을 찾으면 돼요. 내가 머무는 곳이 내 시간이 흐르는 공간이 될 테니까요. 이건 내 선택이에요."

영선은 가만한 미소를 지으며 휴 씨를 바라보았다.

"솔직히, 나는 휴 씨를 완전히 이해할 수 없어요. 하지만 좋은 사람이라는 건 알겠어요."

주 대리의 말에 휴 씨는 고개를 끄덕였다.

"다른 곳에 카페 오픈하게 되면 꼭 연락주세요. 약속해요."

주 대리는 가방에서 갈색 다이어리를 꺼냈다. 그 속에 있는 명함을 휴 씨 앞에 놓고는 새끼손가락을 내밀었다. 휴 씨는 웃으며 그녀의 손가락에 자기 손가락을 걸었다.

"오랜만에 기타 좀 쳐볼까요?"

휴 씨는 일어나 노래 우편함 옆에 있는 기타를 가지고 자리에 앉았다. 한 줄 한 줄, 줄을 튕기며 튜닝을 한 뒤 연주를 시작했다. 그녀의 손끝에서는 고운 선율이 흘러나왔다. 휴 씨는 고음이 돋보이는 가창력을 갖고 있지는 않았지만 중저음의 목소리가 매력적이었다. 담담하게 풀어낸 목소리는 연극배우의 독백이거나 이야기처럼 들려왔다.

영선은 언젠가 이 노래를 다시 듣게 된다면 지금의 감정, 좋으면서도 쓸쓸하고 아련하면서 슬픈, 무엇이라 형언할 수 없는 복잡한 마음으로 이곳을 떠올릴 것이라 생각했다.

영선과 주 대리는 카페 밖으로 나왔다. 휴 씨는 그들을 배웅하기 위해 따라나섰다.

"조심히 들어가세요."

휴 씨는 손을 흔들었다.

큰길을 향해 걷던 영선은 몸을 돌려 휴 카페를 바라보았다. 아늑하고 따뜻한 불빛이 고여 있는 공간으로 네다섯 명의 사람들이 무리 지어 들어갔다.

'고마워요. 이런 공간을 만들어줘서.'

주 대리와 영선은 천천히, 어둠 속을 걸어나갔다.

토요일 아침, 영선은 눈을 떴다. 날이 추운지 창문 쪽에서 서늘한 기운이 스며들었다. 겉옷을 챙겨 입고 거실로 나왔다. 식탁 위에는 딸기잼과 커피잔, 빈 접시가 놓여 있었다. 접시 주변에 식빵 부스러기가 흩어져 있었다.

전기포트에 물을 끓이고 일회용 카누 커피 알갱이를 컵에 쏟아부었다. 봉지에서 식빵을 꺼내 토스터에 넣고 전원 버튼을 눌렀다. 구운 빵에 딸기잼을 바르고 다 끓어오른 물을 컵에 붓고 젓가락으로 저었다. 식탁에 앉아서야 한 모금 마셨다. 바삭한 토스트와 커피 맛에 남아 있던 졸음이 달아났다.

식탁을 정리한 뒤 욕실로 들어가 몸을 씻었다. 방으로 들어와 얼굴에 로션과 선크림을 바르고 옷을 갈아입고 가방 지퍼를 열었다. 희진이 준 노트를 꺼내고 새로운 노트를 집어넣은 뒤 지퍼를 닫았다.

영선은 집 안을 둘러보며 엄마의 흔적들을 눈에 담은 뒤 밖으로 나왔다.

마을버스를 타고 지하철역에서 내려 역사 안으로 들어갔다. 지하철을 타고 선릉역으로 향한 뒤, 분당선을 타고 오리역으로 향했다. 지하철을 탄 시각은 10시 7분이었고 오리역에는 10시 50분에 도착했다.

3번 출구로 나와 큰길을 따라 걷다가, 좌회전을 한 뒤 계속해서 나아갔다. 큰 도로와 잘 닦인 보도블록을 따라 걷자, 횡단보도가 나타났다. 횡단보도를 건너자 탄천이라는 천변길이 다리 아래로 이어졌다. 다리 너머로는 아파트들이 줄지어 있었다.

이곳은 분당이었다. 일자리가 많은 강남과 판교와 가깝다. 무엇보다 학군으로 탄탄한 입지였다. 영선은 그 사실을 되뇌고는 계속해서 걸어나갔다. 아파트 단지 가까이 오자 상업시설들이 보였고 저곳을 이용하면 생활하는 데 불편함이 없을 것이란 생각이 자연스럽게 따라왔다. 지은 지 20년이 훌쩍 넘은 아파트. 세월이 느껴지는 우람한 나무와 분위기 때문인지 친숙한 기분이 들었다. 동네 분위기를 담을 수 있도록 구도를 잡은 뒤 사진을 여러 장 찍고 동영상을 촬영했다.

바람이 차고 배도 고팠다. 영선은 잠시 들어가 쉴 만한 곳을 찾았다. 멀리, 맥도널드가 보였고 그 안으로 들어가 주문대 앞에 섰다.

커피와 감자튀김이 든 쟁반을 들고 자리에 앉아 창밖으로 시선을 돌렸다. 지나는 차와 사람들을 바라보며 뜨거운 커피를 마셨다. 미리 휴대폰에 깔아놓은 잡코리아 앱을 열고 광고 마케팅에 관련된 경력직을 구하는 업체 여러 곳을 캡처하고는 서류를 다운받았다.

22

영선은 집 안으로 들어왔다. 영우는 노트북을 펼쳐놓은 채 식탁 의자에 앉아 있었다.

"잠깐 얘기할 수 있니? 의논할 게 있는데."

영선은 신발을 벗으며 물었다.

"그럼."

영우는 노트북을 덮었다.

영선과 영우는 마주 보고 앉았다. 영선은 그동안 고

민한 집에 대한 생각들과 방향에 대해 영우에게 털어놓았다. 보금자리대출과 이자에 대한 것까지.

"몇 곳을 봤는데……. 오늘 분당구 오리역 쪽, 20평 구축 아파트가 있는 데 보고 왔어."

"지금 거기서 온 거야?"

영선은 고개를 끄덕이며 찍은 사진과 촬영한 동영상을 보여주었다. 호갱노노 앱을 연 뒤, 영우에게 지도를 보여주며 말을 이어나갔다.

"이 집 전세금이 1억 2천이야. 내가 모은 돈 2천을 합치면 우리 총 자본은 1억 4천이야. 보금자리대출을 이용하면 3억 원 초중반의 아파트는 가능하지 않을까."

영선은 노트에 정리한 내용을 영우에게 보여주었다. 내용을 살펴본 영우가 진지한 눈으로 영선을 바라보았다.

"공무원 시험은?"

"그건 잠시 미루려고. 직장을 구하는 게 우선인 것 같아. 경력직으로 몇 군데 알아봤어. 대출금 나올 수 있는 조건을 맞춰야지."

"언니……."

영우는 할 말이 많은 눈으로 영선을 보았다.

"목마른 사람이 우물을 판다잖아."

"솔직히 너무 갑작스러워. 빚을 두려워하는 언니가 이런 이야기를 하는 게. 집값이 계속 오른다는 보장이 없잖아.”

“그렇긴 해. 하지만 지금이 기회라는 생각이 들어.”

“기회?”

“응. 이 노트에 정리해놓은 글 찬찬히 읽어봐. 어차피 이 일은 나 혼자 결정할 수 없으니까.”

“언니 말 알아들었어. 생각해볼게.”

“결정되면 말해줘. 같이 집 보러 가자.”

“그래. 그러자.”

영선은 출근하자마자 주 내리의 자리로 눈길을 돌렸다. 주 대리는 부장에게 서류를 받아 자리에 앉았다. 영선과 주 대리의 눈이 마주쳤다. 주 대리는 표 나지 않게 영선에게 미소를 보냈다. 영선은 자리에서 일어나 복사기 앞으로 갔다. 용지 체크를 시작으로 자신의 업무를 시작했다.

점심시간 30분 전, 주 대리에게 톡을 보냈다.

– 할 얘기가 있어요.

10분 뒤, 1이 사라지고 주 대리로부터 톡이 왔다.

-뭔데요?

-점심 먹고 공원 그 벤치에서 봐요.

-좋아요.

영선은 따뜻한 두유 두 병을 들고 주 대리가 기다리고 있는 벤치로 다가갔다. 영선이 자리에 앉자 주 대리가 고개를 돌렸다. 영선은 두유 한 병을 주 대리 앞으로 내밀었다.

"고마워요."

주 대리는 온기가 있는 두유를 받아 양손에 감싸 쥐었다.

"춥지 않으세요?"

"오늘은 따뜻한걸요. 이렇게 만나니, 꼭 사내 비밀 연애 하는 것 같네요."

영선은 피식 웃었다.

"할 얘기가 뭐예요?"

영선은 멀리 있는 나무를 바라보며 말문을 열었다.

"아파트를 보고 왔어요. 분당, 오리역 부근에 있는 소형 아파트요."

"정말요?"

"아직 결정한 건 아니에요. 주말에 동생이랑 다시 가려고요. 부동산에 얘기해뒀어요."

주 대리는 의연한 눈길로 영선을 보았다.

"그 집이든 아니든 등기 치고 나면 다른 세상이 보일 거예요."

"다른 세상이라뇨?"

"내가 사는 동네가 달리 보이는 거예요. 집값이 올라 갈 수 있는 호재가 눈에 보이기 시작할걸요. 지하철역이 생기는지 대형 쇼핑몰이 들어오는지. 사람들이 모이는 곳에 자본이 흘러들어오고 그것들이 또 집값을 상승시키는 요인이 되니까요. 나라 정책에도 관심을 갖게 되고요."

"거기까지는 생각 못 했어요."

"그럼요. 당연하죠."

"그래서…… 알바는 그만두려고요."

"김 과장 때문에요?"

"내가 그만두지 않아도 잘릴 것 같아서요. 또 대출을 받기 위해서 정규직으로 취업을 하려고요. 어디든, 일단 은 들어가서 버텨보려고요."

두유 뚜껑을 만지작거리던 주 대리가 입을 열었다.

"영선 씨가 없다고 생각하니, 서운한걸요?"

"고등학교 때 친구가 전학 갔던 것처럼요?"

주 대리는 고개를 끄덕였다.

"여기, 그만두더라도 주 대리님과는 계속 연락하며

지낼 거예요."

"아, 그래요? 나도 일단은 여기서 잘 버틸 거예요. 우리 가족들을 위해서, 그리고 20년 뒤 경제적 자유를 위해서요."

"그런 의미로."

영선은 두유를 주 대리를 향해 내밀었다. 주 대리는 들고 있던 두유를 살짝 부딪치며 웃었다.

(24)

어두운 골목을 걷는 영선의 걸음에 속도가 붙었다. 멀리 불빛을 머금은 HUU라는 글자를 찾았다. 영선의 걸음이 빨라진 만큼 입 사이로 하얀 입김이 빠르게 번졌다 사라졌다.

영선은 유리창 밖에 선 채 휴 씨를 바라보았다. 그녀는 여느 때와 마찬가지로 커피를 만들고 있었다. 카페에는 손님 여러 명이 띄엄띄엄 앉아 있었다.

문을 밀고 카페 안으로 들어서자마자 휴 씨와 눈이 마주쳤다. 휴 씨는 웃으며 영선에게 인사를 보냈다. 영선은 평소와 같이 아메리카노를 주문하고 늘 앉던 자리로 향했다. 카페에 새로운 손님이 들어왔다. 휴 씨는 그들을 바라보고 눈으로 인사를 하고 일어나 주문대로 다 가셨다.

영선은 커피를 만드는 그녀의 모습을 지켜보았다. 부 스스한 머리카락과 반짝이는 눈빛, 집중할 때 드러나는 곱게 다문 입매, 역시나 휴 씨는 커피를 만들 때 가장 빛 이 나는 사람이라는 걸 다시 한번 깨달았다. 휴 씨는 커 피를 탁자에 내려놓고는 다시 자리로 돌아가 다음 손님 의 커피를 만들었다. 영선은 커피를 한 모금 마셨다. 익 숙한 향과 맛에 안정감을 느꼈다.

그때 느닷없이 흘러나오는 노래에 조금 당황했다. 이 문세의 〈소녀〉였다. 노래에 귀를 기울이며, 지난번 이곳 을 찾았을 때 노래 우편함에 신청곡으로 넣었던 것을 기 억했다.

노래는 시간을 거슬러 오래전, 아파트로 이사한 날, 엄마에게 노래를 불러주던 아빠의 목소리로 치환되었 다. 달콤한 생크림의 맛과 엄마를 향한 따뜻했던 아빠의 눈길을 영선은 바라보았다. 그때의 공기와 냄새와 기쁨 과 설렘이 이 안에서 새롭게 태어나, 차오르는 듯했다.

영선은 눈을 감았다. 손을 잡고 앉아 있는 아빠와 엄 마 모습이 보였다. 두 분은 천천히 몸을 돌렸다. 아무 말 도 없이, 그윽한 미소를 지으며 영선을 바라보았다. 노 래가 끝이 나고서야 아빠와 엄마의 모습은 아지랑이처럼 흔들리다 사라졌다. 이어 새로운 노래가 흘러나오자 영선은 눈을 떴다. 이 향기와 커피, 이 공간이 세상 어딘 가에서 언제나 존재하기를 바라며 분주하게 움직이는 휴 씨를 바라보았다. 이어, 세 곡의 노래를 더 들은 뒤 카 페를 나섰다.

25

영선과 영우는 오리역에서 내렸다. 3번 출구로 나온 뒤 상가 쪽으로 걸어 올라갔다. 곧 탄천이 나타났다. 겨울 의 천변은 외롭고 황량했지만 영선과 영우는 이곳의 봄 과 여름, 가을을 상상하고 있었다.

30년 동안 자란 나무는 크고 우람했다. 콘크리트의 차가움보다 녹음의 푸름이 짙을 것 같은 단지였다. 이곳 에서 터를 잡고 살아가는 상상을 해나갔다. 영선과 영 우, 둘 다 같은 마음을 품고 있었지만 그 마음을 서로에 게 드러내지는 않았다. 아직은 조심스러웠기 때문이다.

아파트 단지에는 이 층짜리 작은 상가가 있었고 영선 과 영우는 그 건물 1층에 있는 부동산 안으로 들어갔다. 컴퓨터 앞에 앉아 있던 중개인이 영선과 영우 쪽으로 고 개를 돌렸다.

"오늘 집 보러 오시기로 한 자매분?"

"네."

영선이 앞으로 나서며 대답했다.

"바로 가세요."

중개인이 앞장섰고 영선과 영우는 그녀 뒤를 따랐다.

엘리베이터를 타고 3층에서 내렸다. 중개인이 벨을 누르자, 젊은 여자가 문을 열어주었다.

"집 좀 볼게요."

영선과 영우는 신발을 벗고 집 안에 들어섰다. 구조는 이미 인터넷으로 보았던 터였다.

"여기가 남향이라, 햇볕도 잘 들고 빨래도 잘 말라요. 난방비도 적게 들고요."

영선과 영우는 방 두 개와 부엌, 욕실을 살펴보았다. 인테리어는 예전 것이었지만 부엌 싱크대는 교체한 지 얼마 된 것 같지 않았다. 무엇보다 영선은 베란다가 있어 좋았다. 방 두 개와 부엌, 거실을 꼼꼼히 들여다보았다. 집 안을 둘러볼수록 오래전 아파트에 살았던 그 시절 그때의 시간이 겹쳐졌다. 아빠와 엄마와 함께했던 장면들이 간간이 환영처럼 나타났다 사라졌다. 중개인이 옆으로 다가와 다 보셨냐고 물었다.

"네."

중개인은 영선과 영우 얼굴을 번갈아 보며 눈짓을 했

다. 무슨 말이라도 해주길 바라는 눈치였지만 영선과 영우는 아무 말도 하지 않았다. 중개인은 집주인에게 그만 가보겠다고 말하고 앞서 나섰다. 영선과 영우는 중개인의 뒤를 따랐다. 엘리베이터를 타고 내려와 공동현관을 나오고 나서야 집은 마음에 드느냐고 물었다. 영선은 웃음으로 대답을 대신하고 연락을 드리겠다고 말했다.

눈치가 빠른 중개인은 명함을 주며 다른 곳도 궁금하면 연락 달라고 말한 뒤 자리를 벗어나 상가 건물에 있는 부동산 안으로 들어갔다. 영선과 영우는 놀이터 앞 벤치에 나란히 앉았다. 알록달록한 미끄럼틀을 바라보며 보온병에 싸온 커피를 나누어 마셨다.

"언니, 기분이 이상해. 이 집을 보는데 왜 우리 어릴 때 살았던 그 아파트가 생각나는 걸까?"

"너도? 나도 그랬어. 방이 두 개여서 그런가?"

영선과 영우는 동시에 커피를 한 모금씩 마시고는 아파트를 올려다보았다. 영선은 이곳에서의 시간을 상상했다. 출근하고 퇴근하고 밥을 지어 먹고 휴식을 취하고 잠을 자고 놀이터에서 뛰어노는 아이들을 구경하고, 이 벤치에 앉아 커피를 마시는 자신의 모습을. 봄이 되면 벚나무에서 팝콘 같은 꽃이 피어오르고, 잎이 무성해지는 여름 나무 그늘 아래서 듣게 될 매미 소리를. 때때로 밤 산책을 하게 될 탄천을.

영선과 영우는 서로의 얼굴을 바라보았다. 자매는 눈으로 서로의 의견을 나누었다.

영선은 부동산 중개인으로부터 받은 명함을 꺼내 그 번호로 전화를 걸었다. 곧 수화기 너머에서 중개인의 목소리가 들려왔다. 영선은 그 집을 매수하고 싶다고 말했다. 중개인은 집주인과 통화하고 바로 연락을 하겠다고 했다.

잠시 뒤, 부동산 중개인으로부터 문자가 왔다. 이 집이 저당이 잡혀 있는지 없는지에 대한 기록이었다. 부동산 중개인은 영선에게 전화를 걸어, 문자를 확인했느냐고 물었고 영선은 그렇다고 말했다. 부동산 중개인은 계좌 번호를 알려주며 몇백이라도 가계약금을 보내달라고 했다. 영선은 거래 은행 앱으로 들어가 집주인에게 돈을 보냈다.

이 주 뒤, 집주인과 부동산에서 만나 계약을 하기로 약속을 잡았다.

그날 밤, 영선과 영우는 식탁에 마주 앉았다.

엑셀 프로그램을 열고 왼쪽에는 월수입을 적고 오른쪽에는 매달 정기적으로 나가야 하는 지출금액을 적었다. 영선은 가장 먼저 멜론 스트리밍 이용권을 해지했다. 통신사 사이트에 접속해 잘 쓰지 않는 유료 부가 서비스가 있는지 확인하고 요금제도 저렴한 것으로 바꾸었다. 쓰지 않는 물건들은 중고 마켓에 내놓으려고 리스트를 작성했다.

영선과 영우는 돈을 아낄 방법에 대해 적어나갔다. 외식은 최대한 줄이고 한정된 돈에 맞춰서 살기로 결심했다. 이야기가 끝난 뒤, 영선과 영우는 각자의 방으로 들어갔다.

영선은 장롱 문을 열었다. 면접 때 입을 옷을 살피고는 문을 닫으려는데 한 권의 노트가 눈에 들어왔다. 희진이 준 요약 노트였다. 영선은 노트를 꺼내 한 장씩 넘겼다. 정리된 내용만 보아도 희진의 꼼꼼함과 세심함을 느낄 수 있었다. 언젠가는 다시, 공무원 시험 준비를 하게 될지 모르니 이 노트는 간직하기로 하고 장롱 문을 닫았다.

그리고 면접 볼 회사를 생각했다. 연봉은 기대만큼 높지 않았지만 정규직이었다. 직원 수 오십 명이 되지 않는 중소기업이었다. 직장인의 삶이 어떨지 알고 있었다. 세상에 공짜는 없다. 거인의 어깨에 올라탔으니 이제 대가를 지불해야 하는 것이다. 지금보다 더 아끼고 절약해야 한다고, 영선은 다시 한번 마음을 다졌다.

불을 끄고 누웠다. 잠이 오지 않아 몸을 뒤척이던 중 노크 소리가 들려왔다. 문을 열자 영우가 베개를 안고

서 있다.

"언니, 잠깐 누워 있어도 돼?"

"그럼."

영우와 나란히 누워본 것은 오랜만이었다. 조금 어색했지만 나쁘지 않았다.

"언니."

"응?"

"그날 생각나? 채무자들이 몰려왔을 때. 그때 우리 고등학생이었잖아."

"당연히 기억하지. 나도 진짜 무서웠어. 심장이 너무세게 뛰어서 몸 밖으로 튀어나올 것 같았지."

"언니가 엄마 걱정된다고 나가봐야 한다고 했을 때내가 언니 손 놓지 않았잖아."

"그랬지."

"좀 전에 방에 누워 있는데 심장이 벌렁거리는 거야. 그때처럼."

천장을 바라보던 영선은 영우 쪽으로 고개를 돌렸다. 영선은 영우가 강한 아이라고 생각했다. 어떤 상황에서도 침착함을 잃지 않았으니까. 하지만 지금은 열일곱 살의 사춘기 소녀 같았다. 사실, 영선도 무섭기는 마찬가지였다. 영선은 혼자라고 생각했다. 영우는 동생이지만 자신과 다른 세계에 살고 있는 듯했기 때문에. 머지않은 미래에 영선과 영우는 또 각자의 삶을 찾아가야 할 것이다. 그것이 현실이고 미래가 되어야 한다. 영선은 영우의 손을 잡았다.

"나도 그래. 하지만 잘할 수 있을 거야."

영우는 영선 쪽으로 고개를 돌렸다.

"영우야 엄마가 우리에게 남겨준 게 하나 더 있어."

"뭔데?"

"16년 된 청약 통장. 상속을 받을 수 있더라. 그건 네가 받아."

"왜?"

"새로 이사 갈 집은 내 명의로 했으니까. 넌 무주택자를 유지해. 그 청약 통장은 엄마의 기다림이고 시간이야. 네가 결혼을 하고 아이를 낳으면 청약 점수는 더 높아질 거야. 다음에 같이 은행 가. 필요한 서류는 내가 준비해둘게."

영선은 영우의 눈을 뚫어져라 보며 말했고 영우는 아랫입술을 깨물었다. 엄마가 무엇인가에 집중했을 때처럼.

이삿짐을 실은 트럭이 아파트 단지 안으로 들어섰다. 트럭은 102동 앞에서 멈췄다. 운전석에서 내린 남자는 먼저 도착해 기다리고 있는 영선에게 전화를 걸었다. 영선은 전화를 받으며 베란다에서 아래를 내려다보았다. 트럭을 보며 301호로 올라오라고 말했다.

인부들은 창문을 분리했다. 곧 짐이 든 파란색 플라스틱 상자를 실은 사다리차가 3층 창문에 닿았다. 짐들이 집 안으로 들어왔다. 인부들은 짐들을 각각의 장소에 안착시켰다. 짐은 별 게 없었다. 대부분은 버리고 정말 필요한 가구와 물건만 갖고 왔기 때문이다. 그중에는 엄마의 2단짜리 나뭇잎 무늬 장롱도 있었다.

이삿짐센터 사람들은 숙련된 손길로 집을 정리했다. 영선과 영우는 그들의 뒤에서 소소한 정리를 이어나갔다.

어느새 점심시간이 되었고 이삿짐센터 사람들은 하던 일을 중단하고 식사를 하러 나갔다. 짐 정리를 하던 영우가 다가왔다.

"언니, 편의점에서 도시락 사올게. 자장면은 저녁에 먹자."

"그래. 여긴 내가 있을게."

영우가 밖으로 나간 사이, 영선은 자잘한 짐을 정리해나갔다. 가장 먼저 짐이 들어간 영우 방으로 들어갔다. 짐을 옮기느라 책상 서랍의 물건들이 사방에 흩어져 있었다. 영선은 그 안을 정리하다 눈에 익은 상자를 발견하고는 뚜껑을 열었다. 그 속에 분홍색과 흰색 엠피쓰리가 들어 있었다. 잃어버렸다고 생각했는데, 영우가 간직하고 있을 줄은 몰랐다. 영선은 분홍색 엠피쓰리를 조심스럽게 만지작거리다 전원을 눌렀다. 충전 표시에 세 칸이 차 있었다.

"오영선 씨."

현관에서 낯선 남자 목소리가 들려왔다. 영선은 엠피쓰리를 주머니에 넣고는 문 쪽으로 다가섰다.

"누구세요?"

"퀵 왔어요."

남자는 화분을 내려놓았다.

"누가 보낸 거죠?"

"주경민 씨요."

영선은 주 대리의 얼굴을 떠올리며 사인을 했고 남자는 돌아갔다. 영선은 주 대리에게 전화를 걸었다.

"영선 씨, 이사 선물 받았어요?"

"네. 예쁜 화분이네요."

"그 아이 이름 내가 지었는데 J 어때요?"

J는 우리나라 아파트 1군 브랜드였다. 영선은 삐져나오는 웃음을 겨우 참았다.

"J. 마음에 들어요."

"다행이네요. 회사는 어때요?"

"직장 생활이 그렇죠. 종종 야근하고 꼰대 같은 직장 상사가 있지만 우선 참고 버티려고요. 아니, 버텨야 해요. 이젠."

"그래요. 영선 씨. 화이팅해요."

영선은 전화를 끊고 화분을 내려다보았다.

'우리 집에 온 걸 환영해.'

영선은 다시 베란다에 기대섰다. 호갱노노 앱 안으로 들어온 영선은 아파트 시세를 살폈다. 3.5, 4.5, 5, 6.6……. 어느결에 창밖에서 바람이 불어왔고 영선은 손을 멈췄다. 활짝 열린 창문 밖으로 상체를 내밀었다. 연둣빛 이파리가 달린 나뭇가지들이 부드럽게 휘청이고 있었다. 부는 바람에 영선의 머리카락이 날리자 영선은 몸을 세우고 하늘을 응시하다 휴대폰에 시선을 놓았다. 다시, 손을 움직였다. 6, 5.3, 3. 영선의 손이 멈춘 곳은 어떠한 표식도 없는 허허벌판이었다.

엄마와 함께 살았던 그 집과 숲에 에워싸였던 휴 카페를 떠올렸다. 그곳을 조심스럽게 어루만졌다. 문득, 엠피쓰리 안에 가장 먼저 저장했던 노래가 떠올랐다. 가방에서 이어폰을 찾아 꺼내 엠피쓰리에 연결했다. 플레이 버튼을 누르자 슬픔과 경쾌함이 살아 있는 〈봄이 오면〉이 귓속으로 흘러들었다.

눈을 감았다. 음악은 시간을 거슬러 영선을 그 시절로 데려다주었다. H의 침대에 나란히 앉아 이어폰 한쪽씩을 나누어 끼고 들었던 아득했던 공간 속으로. 지난한 사춘기를 견디던 소녀가, 노래를 흥얼거리며 벚나무 꽃잎이 날리는 아파트를 달리고 있었다.

눈을 뜨고 바람을 크게 들이마셨다. 삼킨 바람은 경쾌한 피아노 선율처럼 가슴을 뛰게 했다. 두근거리는 심장 속에 불안과 두려움이 깃들었다. 영선은 시작은 늘, 그런 것이라고, 애써 마음을 내리누르며 손가락을 움직였다. 시간이 숫자로 표기되는 공간 속으로.

*

희진은 월차를 냈다. 집 안을 정리하고 나서야 화장대 앞에 앉았다. 화장대 한편에 놓인 사진 속 성우 얼굴을 가만히 내려다보았다. 희진은 어제저녁 성우와 다툰 뒤, 그의 얼굴을 보지 못한 채 오늘을 시작했다.

성우와 감정이 어긋난 이유는 집 때문이었다. 희진은 2018년 8월 18일에 결혼하고 서울과 붙어 있는 경기 수도권에 28평 아파트 전세를 마련했다. 2년을 살고 2020년도에 전세 계약 갱신 청구권을 이용해 2년을 더 살게 되었다. 2022년 8월이 만기다. 그사이 지금 사는 아파트의 전셋값은 2억이 올랐다. 만기가 되려면 8개월이 남았고 집주인은 아직까지 조용하다. 하지만 오른 2억 원을 더 요구하거나 월세로 전환하거나 집을 비워줄 것을 원할지도 모른다. 희진은 조급했다.

사실, 2020년도 전세 만기 때도 고민을 했다. 코로나바이러스로 집값이 떨어지는 듯하더니 오름세가 가팔라졌다. 20, 30대의 패닉바잉에 대한 기사가 연일 쏟아졌다. 희진은 그때부터 불안하기 시작했다. 성우는 다주택자들의 매물이 쏟아질 것이라고 말했다. 그럼 집값이 조정될 수 있다고. 하지만 이후에도 집값은 더 올랐고 그 뒤로 성우와 희진 사이에는 말이 줄었다.

희진이 집이라도 보러 가자고 말하면 성우는 반대하고 나섰다. 답답한 마음에 희진 혼자 부동산을 드나들었고 그 사실을 안 성우가 급기야는 화를 냈다.

그렇다 해도 희진은 멈출 수 없었다. 오늘도 경기도 외곽으로 집을 보러 가기 위해, 그 지역 부동산 중개인과 선약을 해두었다. 이왕이면 직장과 가까운 이 근방에서 집을 찾고 싶었지만 서울과 맞닿은 지역이라 집값이 너무 비쌌다.

물론 결혼 직전, 청약 통장을 만들었다. 가입한 지 2년이 지나고 1순위가 된 2020년 8월 이후부터 계속 청약을 넣고는 있지만 경쟁률이 높아 당첨 확률은 희박했다.

결혼 전 계획은 2년 정도 신혼 생활을 하다가 작년이나 올해 즈음 아이를 가지는 것이었다. 하지만 불안한 시대에 아이를 갖는 것도 쉬운 결정은 아니었다. 결혼 당시 계획했던 것들부터 사소한 일정들까지 모조리 뒤죽박죽되었다.

　희진은 시간을 확인했다. 10시 10분이 지나고 있었다. 외출 준비를 서둘렀다. 부동산 중개인을 만나기 전, 선약이 있었다. 희진은 영선을 떠올렸다. 영선을 마지막으로 본 건, 결혼 전이었다. 스터디를 하던 도서관 근처 호프집에서 K와 함께 만났다. 그날 영선의 모습은 초췌하기 그지없었다. 함께 공부했을 때보다 살이 더 빠진 듯했고 표정은 어둡고 웃고 있어도 눈빛에선 근심이 드러났다. 그날 영선에게 주었던 공시 전략 요약 노트를 기억하며 이후 영선의 공무원 합격을 기다렸지만 아무런 소식도 들려오지 않았다.
　2019년 1월 K로부터 영선의 근황을 들었다. 영선은 공무원 시험을 보지 않았다고 했다. K 말에 의하면 생각을 아예 접은 듯하다고. 다른 이야기도 들려주었는데 지난번 만났을 당시, 어머니가 돌아가시고 영선은 사무직 아르바이트를 하고 있었다는 것. 이후 분당에 있는 소형 아파트를 매수했고 새로운 직장에 들어갔다는 이야기까지 전해 들었다. 그때만 해도 희진은 영선의 선택을 이해할 수가 없었다. 당시 20대 후반인데 무리해서 집을 꼭 살 필요가 있었을까. 자리를 잡고 안정적일 때 매수를 해도 괜찮지 않을까. 하지만 시간이 흐르고 아파트 가격이 급격하게 올라가는 현실을 직면하면서 집을 사는 데 안정적인 시기는 없다는 걸 깨달았다.

며칠 전, 느닷없이 영선이 떠올랐다. 잘 살고 있는지 궁금해 전화를 걸었는데 다행히 번호가 바뀌지 않았다. 오늘 점심시간에 시간을 내서 영선을 만나기로 했다. 문득, 희진은 왜 영선을 만나고 싶은 것인지에 대해 스스로 질문을 던졌다. 무엇이 알고 싶은 것일까. 어떻게 집을 매수하게 되었는지, 그때 매수한 집값이 얼마나 올랐는지가 궁금한 것일까. 아니면, 아니면, 무엇 때문일까.

희진은 생각을 떨쳐내려는 듯 고개를 젓고는 화장을 마저 하고 옷을 갈아입었다. 코트를 걸쳐 입고 KF94 마스크를 쓰고 방에서 나와 거실을 통과해 신발장 앞에 섰다. 구두 속에 오른발을 집어넣었다가 빼고는 편한 운동화로 갈아 신고 밖으로 나섰다.

*

희진은 영선 회사 근처에 있는 스타벅스로 들어가 먼저 주문한 커피와 물잔을 챙겨 자리를 잡았다. 영선에게 전화를 걸자, 곧 갈 테니 조금만 기다려달라고 했다.

"희진이?"

휴대폰을 들여다보던 희진이 고개를 들었다.

"맞구나."

영선은 희진의 건너편 의자에 앉았다. 마스크를 낀 상태라 서로의 눈만 바라보았다. 코로나바이러스는 백신으로 인해 조금씩 안정이 되어가고 있지만 마스크를 벗는 것은 시기상조였다. 희진은 찬찬히 영선의 분위기를 살폈다. 4년 전과 별반 달라지지 않았다. 입고 있는 옷과 신발이 직장인처럼 보이긴 했지만 인터넷에서 저렴하게 살 수 있는 것들이라 짐작할 수 있었다.

"커피 마셔야지."

희진은 가방에서 지갑을 꺼냈다.

"아니, 난 괜찮아. 사무실에서 많이 마셨어. 잠깐 있다 갈 건데 뭐."

거부하는 영선의 태도에 희진은 지갑을 도로 가방에 넣었다. 마스크를 살짝 벗고는 앞에 놓인 머그잔을 들어 커피를 한 모금 마셨다.

"점심은 먹었지?"

희진이 묻자 영선은 고개를 끄덕였다.

"갑자기 연락해서 놀랐지?"

"조금. 잘 지내고 있지?"

희진은 고개를 주억거렸다. 어색한 기류가 흐르자,

희진은 그 시간을 메우려는 듯이 이번에는 물을 마셨다. 영선은 가방에서 노트를 꺼내 탁자 위에 올려놓았다. 희진의 시선은 노트로 향했다.

"이건…… 내가 준……."

"맞아. 너한테 연락이 왔을 때 이 노트가 제일 먼저 생각났어. 아무래도 돌려줘야 할 것 같아서 가지고 나왔어."

희진은 노트를 끌어 가슴팍 앞에 놓은 뒤 한 장 한 장 넘겼다. 4년이란 시간이 지난 만큼 하얗던 종이 색은 미색으로 바래고 형광펜의 색은 흐려졌다. 무엇보다, 글씨체가 낯설었다. 지금보다 힘이 들어간 느낌이라고 할까.

"언젠가는 이 노트를 보며 다시 공부할 수 있을 거라 생각했는데……. 그건 어려울 것 같아."

희진은 지난날의 노력이 떠올랐다. 힘들고 수고로웠던 날들이었다. 시간이 지나서인가 미소가 지어지는 건. 시간이 지닌 힘인 걸까.

"합격했을 때는 온 세상을 다 가진 기분이었는데. 그땐 미래가 창창할 줄 알았지……."

처음보다 작아진 희진의 목소리는 카페 배경 음악 소리에 묻혀버렸다. 그 소리를 놓치지 않기 위해 영선은 신경을 곤두세워야 했다. 둘의 대화는 다시 중단되었고 그 공백은 카페 음악으로 채워졌다. 희진은 어렵게 입을 열었다.

"K한테서 네 소식 들었어. 우리 마지막으로 보고 얼마 뒤, 아파트를 매수했다고. 집값…… 많이 올랐지?"

영선은 미묘한 눈빛으로 희진을 바라보며 고개를 끄덕였다.

"샀을 때보다 두 배가 올랐어. 단기간에 이렇게 집값이 오를 거라고는 상상도 못 했어. 집도 물건이고 인플레이션을 생각하면 시간이 지날수록 오를 것이라 대출을 받아서 샀지만……."

"사실은 전세 만기가 다가와서 집을 알아봐야 하는데 전세로 가야 할지, 매매를 해야 할지 모르겠어. 전세는 거의 찾기 힘들고 매매하자니 대출과 더불어 여러 가지 제약 때문에 엄두가 안 나."

"아, 그렇구나."

영선은 탁자 아래로 고개를 숙였다 들었다.

"넌 집값이 올랐으니 기분 좋겠다."

"물론 그렇지. 하지만 이런 상황이 좀 무섭기도 해. 이사 가지 않아도 된다는 안정감이 들 때마다 정말 다행이다 싶으면서도 불안하다고나 할까."

"왜?"

"……내 생활은 그때나 지금이나 달라진 게 없는걸. 그 돈이 내 수중에 있는 것도 아니니까. 호갱노노에 들

어가서 공중에 떠 있는 숫자를 볼 때마다, 현실인지 아
닌지 실감이 나지 않아. 그 자산이 진짜 내 돈이 되기 위
해서는 아파트를 팔아야 하지만 세금 내고 대출금 갚고
나면 지금으로서는 갈 곳도 없고. 일 년, 아니 한 달만,
아니 일주일만 좀 쉬었으면 좋겠다는 생각이 간절할 때
가 있는데도, 대출금과 이자 생각하면 그럴 수도 없고.
마음먹고 집을 팔아 대출금을 갚고, 전세로 옮겨 갈까
생각도 했다가 또 집값이 오를까 봐 겁이 나서 버티고
있는 중이야. 이런 말 어떻게 들릴지 모르겠지만 무엇인
가로부터 쫓기는 기분이 들 때도 있어."

영선은 아차 싶었다. 말을 멈추고 희진을 바라보았다.

"미안, 너한테 배부른 소리로 들렸겠다."

탁자 위에 있던 영선의 휴대폰에서 벨이 울렸다. 화
면에는 경민 언니라고 쓰여 있었다. 영선은 어쩔 줄 몰
라 했다.

"괜찮아. 받아."

희진의 말에 영선은 잠깐 얘기하고 끊겠다며 통화 버
튼을 눌렀다. 그사이 희진은 다시 마스크를 벗고 커피를
마셨다.

"영선아, 또 한 줄이야."

주경민은 2020년 가을, 과천에서 있었던 P브랜드 아

파트 청약에 신혼부부 특별공급으로 신청했다가 떨어졌다. 다자녀가구, 신혼부부, 생애 최초, 노부모 부양, 기관추천 특별공급으로 55세대를 뽑는데 12,583명이 몰렸다. 경쟁률이 229 대 1이었다. 그중 신혼부부 특별공급은 19세대였다. 이후 분양가 상한제가 적용되는 공공택지 민간분양 청약 단지에 넣었지만 줄줄이 떨어지고 말았다.

주경민은 결혼한 지 7년이 지났기 때문에 더 이상 신혼부부 특별공급으로 청약을 할 수 없게 되었다. 주경민은 이후 계획을 변경했다. 다자녀가구 특별공급을 받기로. 그래서 셋째를 계획 중에 있었다. 이러한 결정은 부모님의 조언 때문이었다. 부모님의 든든한 자산이 있었기에 주경민에게 아이를 갖고 키우고 교육시키는 일은 문제 될 게 없었다.

"언니, 실망하지 말아요. 곧 생길 거예요."

"그렇겠지?"

"지금 친구랑 있어서요. 나중에 전화해도 되죠?"

"응. 알았어."

영선은 주경민과 통화를 끝내고는 희진 쪽으로 눈을 돌렸다. 희진은 시간을 확인했다. 1시가 다 되어가고 있었다.

"그만 가야겠다."

"약속 있니?"

"응."

"……."

희진과 영선은 겉옷을 입고 스타벅스에서 나왔다.

"그럼 조심히 들어가. 나중에 K랑 같이 보자."

희진의 말에 영선은 고개를 끄덕였다. 희진은 지하철 역 방향으로 걸었다. 영선은 멀어지는 희진의 뒷모습을 바라보며 정작 하지 못한 말을 떠올렸다. 영선이 말한 불안함의 또 다른 이유였다.

자신보다 더 많은 자산을 보유한 사람들이 눈에 들어왔다. 그들에 비하면 영선은 자신의 위치가 초라하기 그지없었다. 보금자리대출을 받은 영선은 추가 대출을 받을 수 없다. 주식이나 코인을 하면서 수익을 냈다가 다 잃어 지금은 제자리였다. 현재로서 기댈 곳은 근로 소득 뿐이었기에 퇴근 뒤에 할 수 있는 일을 찾고 있었다. 영선이 스타벅스에서 커피를 마시지 않은 이유도 돈을 쓰고 싶지 않아서였다.

영선은 사무실 쪽으로 몸을 돌렸다. 문득, 휴 카페의 아메리카노가 간절해졌다. 분당으로 이사를 간 뒤 한 번도 휴 카페에 가지 못했다. 그때는 그녀가 어디에서 카페를 하든 꼭 찾아갈 것이라 다짐했지만 현실을 살다 보니 마음처럼 되지 않았다. 간간이, 그곳의 커피 맛을 기억하고 잠시나마 그리워했을 뿐이다. 영선은 편의점을 바라보았다. 오늘은 카누가 아닌 천오백 원 하는 아메리카노로 허전한 마음을 달래기로 결심하며.

*

희진은 덜컹거리는 지하철 안에서 영선을 떠올렸다. 4년 전과 다름없는 모습이었다. 자산이 늘어난 만큼 근사하게 달라져 있을 것이라 기대를 했던 걸까. 그럼에도 영선이 부러운 것은 어쩔 수 없었다.

어느새 목적지에 이른 희진은 지하철역을 나와 주변을 둘러보았다. 경기도 외곽, 베드타운. 희진은 길을 건너 아파트 단지 안에 있는 부동산으로 들어갔다.

중개인은 웃으며 희진을 반겼다. 희진은 중개인의 차를 타고 아파트로 향했다. 20평대 구축 아파트였다. 30평 대라면 좋겠지만 그 가격도 희진과 성우에게는 무리였다. 온갖 규제로 대출도 원하는 대로 받을 수 없다. 돈에 맞추다 보니 이곳까지 오게 되었다. 중개인은 엘리베이터를 타자마자 15층을 눌렀다.

초인종을 누르자 마스크를 쓴 여자가 문을 열어주었다. 그녀는 굳은 눈빛으로 물러선 뒤, 팔짱을 끼고 거실 중앙에 섰다. 희진과 중개인은 조심스럽게 집 안을 살펴보았다. 집에 있는 물건들과 아이 방을 보며 초등학교 고학년 아이를 둔, 세 식구의 집이라는 걸 알 수 있었다.

집을 둘러보는 내내 희진은 여자가 신경 쓰였다. 그 녀의 가족은 이 집의 세입자다. 전세 계약 갱신 청구권 을 사용했을 것이다. 희진이 이 집을 매수한다면 그녀와 가족들은 어디로 가야 할까. 초등학생을 둔 가정은 학교 문제로 거주지를 옮기는 일이 생각보다 어렵다. 희진은 눈을 힐끔거리며 그녀를 보았다. 마스크를 쓰고 있었지 만 눈빛만으로 그녀의 속내를 읽을 수 있었다. 빨리 나 가주기를 바라는 마음을. 이 집을 매수하지 않길 바라는 마음을.

"집 잘 봤어요."

희진은 여자에게 말을 전했다. 그녀는 말없이 고개를 까닥 움직여 인사 아닌 인사를 건넸다.

중개인은 공동현관을 나와서야 희진의 의견을 물었 다. 희진이 할 수 있는 답은 남편과 상의를 해봐야 한다 는 말뿐이었다. 희진과 중개인은 다음 집을 보기 위해 차에 올랐다.

이후 희진은 두 집을 더 보았다. 어떤 결정도 내리지 못하는 희진에게 중개인은 웃으며 매물이 점점 줄고 있 다는 말을 전했다. 희진은 그 말이 두려웠다.

해가 기울면서 빠르게 어둠이 밀려들었다. 희진은 지

하철역까지 차로 데려다주겠다는 중개인의 제안을 거절했다. 편두통 때문에 머리가 지끈거렸다. 하루 종일 KF94 마스크를 끼고 다녀서인지도 몰랐다. 바람을 쐬고 나면 좀 나아질까 싶어 인적이 드문 길을 마스크를 벗고 걷기로 했다.

아파트 단지를 빠져나와 주택가로 이어진 골목 안으로 들어갔다. 안쪽으로 들어갈수록 골목은 어두웠다. 희진은 길을 잃은 듯했다. 처음부터 길을 잘못 들어선 것일까. 자본주의 사회에서 돈은 중요하고 집은 자산으로서 가장 큰 부분을 차지한다는 것을 알고 있지만 그것이 삶의 모든 척도는 또 아니지 않나. 집을 자산으로만 몰아가는 한 방향의 시선을 희진은 거부하고 싶었다.

어느새 골목 깊숙이 들어와 있었다. 이 골목에도 집들이 즐비했다. 불이 켜져 있는 집들을 바라보며 그곳에서 밥을 먹고 잠을 자고 삶을 영위하고 있는 이들의 일상을 떠올렸다. 어느 공간이나 장소에서 일어나고 있는 일상의 편린들. 그들이 느끼는 순간순간의 보편적인 감정이나 서사를.

많이 걸어서인지 허기가 밀려들었다. 추위도 깊게 느껴졌다. 그렇다고 포만감이 느껴지는 음식이 당기는 것은 아니었다. 어디라도 들어가 쉬고 싶은 마음이 간절했다.

주변을 살피던 희진의 눈에 들어온 곳은 골목 끝에

있는 작은 카페였다. 이런 곳에 카페가 있다는 것이 생뚱맞게 느껴졌다. 희진은 카페 입구에 서서 노르스름한 빛이 담긴 HUU라는 글자를 올려다보았다. 가까이 다가가 유리창 안을 들여다보자 손님 없이 빈 자리들뿐이었다. 희진은 문을 밀고 안으로 들어섰다.

커트 머리의 휴 씨가 자리에서 일어나 "어서 오세요"라고 인사했다. 희진은 화답의 뜻으로 미소를 지었다. 마스크 때문에 자신의 마음이 드러나지 않을지도 모른다고 생각해 눈에 과하게 힘을 주었다. 이런 방식의 표현은 주민센터에서 주민들을 응대하던 습관이었다. 희진은 혼자서 멋쩍어하며 주문대 앞으로 다가갔다.

음료 메뉴를 훑어 읽던 희진의 눈에 들어온 문구가 있었다. '잃어버린 시간을 찾아서'

"'잃어버린 시간을 찾아서'라는 건 뭐죠?"

"두유와 커피로 만든 음료인데 마들렌이 곁들어져요."

"그런데 왜 잃어버린 시간을 찾아서인지……."

"『잃어버린 시간을 찾아서』란 소설에서 따왔거든요. 소설 속에 마들렌을 먹으며 기억을 찾는 소년이 등장하죠."

"아, 그래요? 그거 주세요."

희진은 계산한 뒤 안쪽에 있는 소파로 다가가 등을

기대고 앉았다. 따뜻한 카페의 온기와 폭신한 의자, 눈을 감으면 금세 잠에 빠져들 것만 같았다. 곧 휴 씨가 다가와 커피와 마들렌 세 개를 탁자 위에 두었다. 희진은 커피를 가만히 내려다보았다. 연한 베이지색 커피 위에 이불 같은 몽글몽글한 거품이 덮여 있었다.

희진은 휴 씨에게 사람이 없네요,라는 말을 흘렸고 휴 씨는 이곳은 주택가라서 저녁 식사 시간인 6시부터 8시까지는 손님이 거의 없다고 말한 뒤 자리로 돌아갔다.

희진은 마들렌을 먼저 베어 먹고는 커피를 마셨다. 커피 향과 두유의 부드러움이 조화롭게 느껴졌다. 그 안에 마들렌의 달콤함이 입 안을 감싸고 돌았다. 희진은 맛을 음미하며 카페 안을 찬찬히 둘러보았다. 빨간색 우편함이 눈에 들어왔다. 희진은 일어나 그쪽으로 다가섰다. 우편함 위 벽면에는 사람들이 신청한 노래 제목이 적힌 쪽지가 군데군데 붙어 있었다. 쪽지에는 날짜가 쓰여 있었는데 가장 이른 때는 2018년 10월이었다. 희진은 이 카페가 그 무렵에 생긴 것이라 짐작해보았다.

문득, 나이트오프의 〈잠〉이라는 노래가 떠올랐다.

성우가 먼저 공무원 시험에 합격하고 2년 뒤 희진이 합격을 했다. 성우는 희진이 힘을 내서 공부할 수 있도록 한결같이 몸과 마음을 챙겨주었다. 무엇보다 성우는 희진이 편한 잠을 잘 수 있도록 도와주었다. 결혼하고 난 뒤에도 마찬가지였다. 희진은 성우가 자장가처럼 불러준 그 노래를 떠올리며 종이에 적었다. 노래 우편함 안에 넣으려다가 어차피 손님도 없으니 휴 씨에게 직접 주어도 괜찮을 것이라 생각했다.

"이 노래 지금 틀어줄 수 있어요?"

희진은 종이를 휴 씨 앞으로 내밀었다.

"그럼요."

희진은 자리로 돌아와 앉았다. 곧 노래가 흘러나왔다.

노래에 마음을 기울이며 남은 마들렌을 마저 입 안에 넣고 커피를 마셨다. 노래와 함께 어우러진 맛이 몸으로 번지며 오래전 느꼈던 감정의 시간이 거슬러 다가왔다.

공무원 일은 생각처럼 여유롭지 않았다. 일에 지쳐 집으로 돌아오면, 특히 오늘같이 추운 날이면 성우는 직접 육수를 우려낸 쌀국수를 만들어주었다. 맛은 잔치 국수에 가까웠지만 밀가루보다 훨씬 소화가 잘 되는 느낌이었다. 매운맛을 좋아하는 희진의 취향을 잘 아는 성우는 청양고추와 간장, 고춧가루 등으로 양념장을 만들어 준비했다. 칼칼한 쌀국수를 먹고 나면 포만감이 들었고 깊은 잠에 빠져들 수 있었다. 아침에 일어나면 몸이 개운했다. 희진은 성우가 자신을 위해 들인 시간의 정성 덕분이라고 생각했다.

기대했던 것만큼 시간이 풍족하지 않았고 월급도 적

었다. 하지만 희진도 성우도 감사한 마음을 가졌다. 많은 사람이 원하는 직업을 가질 수 있다는 것, 그 자체로 행운이라고 생각했다. 희진과 성우는 퇴근 뒤에는 시간이 좀 더 걸리더라도 천변길을 걸어 집으로 돌아왔다. 연애할 때는 일부러 유명하고 예쁜 곳을 찾아다녔지만 결혼한 뒤엔 거의 집에서 시간을 보냈다. 최대한 아끼며 저축하기 위해서였다. 함께 장을 보고 함께 음식을 만들어 먹고 설거지를 하고 가볍게 맥주를 마시며 영화를 보거나 책을 읽다가 잠에 들곤 했다. 별다를 것 없는 날들이었지만 그 별다름 없음의 안정감에 행복했다.

희진은 성우와 자신이 꿈꾸었던 집을 떠올렸다. 유튜브를 보다가 서울에서 오랫동안 비어 있는 집을 고쳐서 살아가는 사람들의 이야기를 발견했다. 희진과 성우는 짧게 편집된 이십 분짜리 동영상을 보면서 우리도 저런 집을 짓고 평생 한집에서 사는 것은 어떨까,라는 말을 주고받았다.

집은 생물이라 사람 손을 타지 않으면 생기를 잃고 허물어져가고 사람의 온기가 닿아야 생을 이어갈 수 있는 특별한 공간이니, 한 공간에서 성우와 희진만의 작은 역사의 뿌리를 내리며 사는 것도 멋진 삶이 될 수 있을 것이라고. 그때는 집을 이야기하며 꿈을 꾸었는데 언젠가부터 집을 이야기하면 불안하고 하루하루가 두렵기까지 했다.

집이란, 부동산이란 무엇일까. 희진은 창밖을 바라보며 걸어왔던 골목을 기억했다. 집집에서 새어 나오던 빛을, 이 공간을 채워나가는 이들의 삶의 기록 같은 길과 벽과 그 무엇들을.

자본의 방향과 흐름으로 세상이 움직이고 있는 것은 분명하지만 삶에는 큰 흐름만 존재하는 것은 아니지 않은가. 그 흐름을 놓치거나 올라타지 못했다고 해서 그들의 인생과 시간을 폄하하고 싶지 않았다.

삶의 시간은 수직으로 상승만 하지 않는다. 시간은…… 부드럽고 완만한 선으로 움직이기도 하고 점으로 머물며 사라질 듯하다가도 어느 순간, 자라나 면이 되기도 한다. 웅덩이처럼 고여 있는 물이 되기도 하다가 때로는 하강하고 솟구치면서 다른 방향으로 갈라져 흩어진다. 반짝이며 사라지는 불꽃처럼 찬란한 빛이 되기도 한다. 때론 행간처럼 비어 있고 보이지 않는 여백으로 남기도. 그 시간이 희진과 성우를 웃게 하고 살게 하고 견디게 했다. 희진은 그 모든 시간을 함께 느끼던 성우를 생각했다. 희진은 외로웠다. 서로 의지하며 살기 위해 결혼했는데 어째서 지금, 이곳에 혼자 있는 것일까.

희진은 남아 있는 커피를 마시고 잔을 내려놓았다. 그 순간 카톡 알림이 울리며 사진 한 장이 도착했다. 성우가 보낸 사진과 메시지였다. 희진은 쌀국수 사진을 내려다보았다.

　-추운데 어디 있는 거야? 어제 화내서 미안해. 천천히 다시 얘기하면서 풀어보자. 그러니까 얼른 집으로 와. 같이 먹고 싶어. 기다릴게.

　희진은 슬며시 아랫입술을 깨물고는 성우가 만든 국수와 청양고추가 가득한 양념장 사진을 내려다보았다. 눈물이 날 것 같은데, 자꾸 웃음이 새어 나왔다.

　-지금 갈게.

　희진은 성우에게 메시지를 보내고 일어섰다. 커피와 마들렌이 담겼던 접시를 주문대 위에 올려놓자 휴 씨가 그녀를 돌아보았다.
　"잘 마셨어요. 노래도 잘 듣고, 잘 쉬었다 가요."
　휴 씨는 빙그레 웃으며, 안녕히 가시라는 말을 전했다. 희진은 다시 한번 카페를 둘러보고는 성우와 함께 와야겠다고 다짐하며 카페 문을 나섰다.

집은 삶의 터전이고, 우리의 삶은 그 공간으로부터 깊은 영향을 받는다. 그런데 얼마 전부터 집값, 보다 정확히 말하면 '집값의 변화'라고 하는 시간적 요인이 우리의 삶에 공간적 요소들보다 더 큰 영향을 미치게 된 것 같다. 미래 부동산 가격을 고려하지 않고 삶을 설계할 수 없게 되었다.

『세대주 오영선』은 이런 우리 시대의 거대한 충격을 예리하게 포착하고 정면으로 응수하는 소설이다. '부동산 가격 폭등'이라는 괴물은 어떻게 처음 우리에게 모습을 드러냈는가? 인생에 대한 상상력마저 그 괴물이 잠식하는 순간을 우리는 어떻게 알아챘는가? 우리는 그 괴물 앞에서 어떻게 대응했는가? 그리고 어떻게 패배하는 중인가.

대출금, 계약금, 이자, 청약, 특별공급, 취득세, 보유세, 실거래가…… 이 소설에는 2021년 한국인의 삶에 깊숙이 침투해 있지만 2021년 한국 문학에서는 보기 어려운 명사들이 나온다. 작가의 시선은 이 낯설고도 반가운 각도로 들어와 지금의 한국 사회를 뚫고, 삶과 시간의 본질을 성찰하는 데까지 이른다.

소설 속 한 등장인물은 "등기 치고 나면 자신이 사는 동네가 달리 보이게 된다"고 말한다. 부동산 투자자라는 좁은 관점으로 세상을 보게 되고, 그 안에서 삶의 중요한 결정들을 내리게 된다는 것이다. 나는 이 소설이 꼭 그 반대의 역할을 한다고 느꼈다. 그 시야가 얼마나 좁고 그 선택들이 삶을 얼마나 황폐하게 만드는지 폭로하는 것이다. 그런 맥락에서 "이 책을 읽고 나면 우리가 사는 사회가 달리 보이게 된다"고 말하고 싶다.

때로 좋은 질문은 답 없이도 제 역할을 한다. 정확한 질문은 사람의 마음을 흔들고 인식의 폭을 넓히며 주변 상황을 재검토하게 한다. 『세대주 오영선』은 바로 그런 질문이다. 우리는 지금 어디에 있는 걸까. 무엇이 잘못된 걸까. 어떻게 해야 할까.

세대주 오영선을 중심에 두지만 독자는 오중식, 김민숙, 오영우, 주경민, 희진, 휴의 서글픈 전략들에 대해서

도, 그리고 그들의 최종 선택과 결과에 대해서도 듣게
된다. 누구를 마음 편히 편들지도, 표적 삼아 욕하지도
않는다. 그러니 이것은 아파트에 살건 빌라에 살건, 집
주인이건 월세를 내건, 모든 독자를 움직이고 또 머뭇거
리게 할 질문이다.

장강명·소설가

'부동산을 사는 것은 시간을 사는 것이다.'

부동산 관련 유튜브 채널에서 처음 이 말을 들었을 때, 호기심이 일었다. 부동산을 사는 것이 어째서 시간을 사는 일일까. 이 궁금증이 나를 부동산의 세계에 발을 들여놓게 했다.

그곳은 내가 믿고 있던 삶의 가치와는 다른 것들이 존중받는 세계였다. 부동산의 세계에서는 '내 취향'이 중요하지 않았다. 세상이 좋다고 하는 것, 세상이 가치 있다고 여기는 것이 중요했다. '좋은 것'과 '가치 있는 것'은 (아파트의 경우) 가격이라는 기준으로 드러났기에 판단하기 어렵지 않았다. 직관적이었다.

반면 내가 세상을 보는 기준, 내가 중요하다고 여기는 것들의 기준은 오직 '나'였다. 글을 쓸 때도 내 안을 들여다보는 것이 가장 중요하다고 여겼고 글의 씨앗은 그곳에 있다고 믿었기에, 나의 마음에 들어오고 내가 좋아하는 것 외에는 크게 관심을 두지 않았다. 게다가 내가 중요하다고 여겼던 대부분의 것들은 많은 사람이 선호하는 것들이 아니었다.

그럼에도 나와 전혀 다른 기준으로 작동하는 부동산의 세계에서 빠져나올 수 없었던 건 그 세계와 나의 현실이 무관하지 않았기 때문이다.

집이란 그저 내가 머무는 곳, 내가 삶을 살아가는 곳이라고만 생각하며 살아왔다. 그러다 막상 집을 구해야 하는 현실을 마주하니, 하루가 다르게 치솟아 오르는 집값이 막막하게만 느껴졌다. 비현실적이었다. 상상으로도 쉽게 가늠되지 않는 내 것이 아닌 자산의 크기 앞에서 나란 사람의 존재감은 무엇이었을까. 0이 끝없이 나열되어 있는 그 가격 속에서 나는 1 정도도 차지하고 있지 못한 듯했다. 열심히 살아온 나의 모든 시간이 사라진 것만 같았다. 한없이 우울했다. 매일 천변길을 걸었다. 50여 분을 걸어 강동대교에 이르면 한강을 마주할 수 있다. 강 건너에는 화려한 빛으로 휘감긴 고층 아파트가 즐비했다. 결국 내가 마주해야 할 상대는 비현실도, 상상도 아닌 현실이었다. 그 현실이 내 눈앞에서 빛을 뿜으며 반짝이고 있었다. 그리고 그 현실 속으로 걸어들어 가보자, 마음먹었다.

현실이 되어버린 부동산, 그리고 나의 진짜 현실, 두 세계를 오가면서 내 안에 있던 영선을 만나게 되었다. 영선의 시간을 통해 나의 시간을 되돌아볼 수 있었는데, 나는 올곧이 서 있지 못할 정도로 매 순간 흔들렸다. 강하지 않았다.

오영선의 선택을 존중하고 그녀의 인생을 응원한다. 희진과 성우의 앞날에도 행복이 깃들길, 진심으로 바란다.

휴 카페의 모티브가 된 곳은 세 곳이다. 수년 전부터 글을 쓰기 위해 작업실처럼 드나들던 동네 카페 L, 천호시장 골목 끝 창밖으로 감나무가 보이던 카페 F, 천호역 인근 80년대 후반에 지어진 코오롱 상가 지하에 있던 코오롱 찻집. 한자리에서 30년 동안 찻집을 운영하던 사장님은 재건축과 동시에 문을 닫았다. 코오롱 찻집은 사라졌지만 (현실에서는 불가능할지라도) 휴 카페는 그렇게 할 수 없었다.

작품 안에서 영선이 바라던 것처럼 휴 카페가 세상 어딘가에 존재하기를 빈다.

주 대리가 영선에게 전한 "대출을 받는 것은 거인의 어깨에 올라타는 것과 같다"라는 조언과 '대출의 선과 악'에 대한 조언은 유튜브 신사임당 채널의 2021년 3월 4일자 방송을 참고했다. 실시간 부동산 고민 상담 코너였던 '아는 선배'에 출연한 너나위 님의 이야기를 바탕으로 했다. '돈으로 살 수 있는 마음'에 대한 이야기는 같은 채널의 2021년 1월 21일 방송 내용을 참고했다.

『90년생이 온다』(임홍택 지음, 웨일북, 2018), 『청년 현재사』(김창인, 전병찬, 안태언 지음, 시대의창, 2019), 『부의 인문학』(브라운스톤 지음, 오픈마인드, 2019) 세 권을 읽으며 많은 생각을 했다. 영선을 비롯해 작품 속 인물들의 삶을 그리는 데 도움을 받았다.

2020년 11월 3일, 김태희 편집장님과 이효진 편집자님을 만났다. 그날 함께한 자리가 없었다면 과연 이 소설을 쓸 수 있었을까. 이 글이 완성되기까지 믿어주고 세심하게 의견을 주신 이효진 편집자님에게 고마움을, 추천 글을 써준 장강명 작가님과 사계절출판사에도 감사함을 전한다.

최양선

세대주 오영선

2021년 11월 25일 1판 1쇄

지은이 최양선

편집 김태희, 장슬기, 이은, 김아름, 이효진 디자인 민희라
제작 박흥기 마케팅 이병규, 양현범, 이장열 홍보 조민희, 강효원

인쇄 천일문화사 제책 J&D바인텍

펴낸이 강맑실
펴낸곳 (주)사계절출판사 등록 제406-2003-034호
주소 (우)10881 경기도 파주시 회동길 252 전화 031)955-8588, 8558
전송 마케팅부 031)955-8595 편집부 031)955-8596
홈페이지 www.sakyejul.net 전자우편 literature@sakyejul.com
블로그 skjmail.blog.me 페이스북 facebook.com/sakyejul
인스타그램 instagram.com/sakyejul

ⓒ 최양선 2021

ISBN 979-11-6094-875-2 03810